Klarant

Ele Wolff lebt in Ostfriesland. Auch wenn sie keine waschechte Ostfriesin ist (in Frankfurt/Main geboren) betrachtet sie sich doch als Gesinnungsostfriesin und gibt sich ganz ihren kriminellen Energien hin. Ele Wolff: „In Ostfriesland, hinter den Deichen, im Watt und auf den Inseln geschehen manche unheimlichen Dinge, von denen niemand etwas weiß. Deshalb liebe und schreibe ich Krimis und andere Geschichten. Ich kann meine Gedanken ausleben, die man im wahren Leben nicht so leicht findet oder die unangebracht sind. Ich kann unliebsame Ehemänner oder Chefs entsorgen, reich durch Erbschaft werden oder einfach in einen anderen Erdteil flüchten."

Ele Wolff

Greetsieler Mühlenmord

Ostfrieslandkrimi

Klarant Verlag

Klarant Verlag, www.klarant.de – www.ostfrieslandkrimi.de
ISBN: 978-3-95573-917-1
1. Auflage 2019
Umschlagabbildung: Klarant Verlag

Printed in the EU.

1. Kapitel

Ängstlich zog der zehnjährige Jasper seine Bettdecke bis zur Nasenspitze hoch und versuchte, so leise wie möglich zu atmen. Die nächtlichen Geräusche des alten Hauses am Greetsieler Hafen erschreckten ihn jedes Mal fürchterlich. Besonders schlimm war es im Herbst und im Winter, wenn der kalte Ostwind laut und aufbrausend um das Haus wehte. Das Knarren und Knarzen des Holzgebälks hörte sich in seinen Ohren an wie der Lärm einer aufbrechenden Tür. Sein Vater hatte ihm mehrmals versichert, dass kein Unbefugter ohne die Zustimmung der Hausbewohner hereinkommen könne. Alle Türen und Fenster seien fest verriegelt. Seine Eltern hatten extra ein blaues Nachtlicht für ihn gekauft, damit er sich auch in der Nacht, sobald er erwachte, in seinem Zimmer orientieren konnte. Aber seine Furcht vor Eindringlingen blieb.

Manchmal, wenn er vor lauter nächtlichem Knistern und Knarren nicht einschlafen konnte, saß der Junge am Fenster seines Zimmers und blickte auf den Deich, der den Greetsieler Hafen umschloss. Die Stille und der vertraute Anblick ließen ihn nach ein paar Minuten zur Ruhe kommen. Es kam auch vor, dass sich Jasper mitten in der Nacht an seinen Schreibtisch setzte und ein paar Comicfiguren zeichnete. Seit seinem siebten Lebensjahr brachte er ganze Geschichten zu Papier, die er alle in einem gelben Ordner sammelte, den er unter seinem Bett verwahrte. Der kleine Hund Bonnie, den Jasper sich ausgedacht hatte und der in fast allen Geschichten vorkam, war inzwischen zu seiner Lieblingsfigur geworden.

Aber heute war es irgendwie anders. Stimmen, ja, er hörte Stimmen unten im Erdgeschoss. Er schlich aus dem Bett und lief zur Kommode, wo er das Nest des vergangenen Osterfests aufbewahrte. Eilig schälte er ein Schokoladenei aus seiner Folienhülle und stopfte es sich in den Mund. Er hatte mal gehört, dass Süßes beruhigen würde. Das Papier zerknüllte er zu einer kleinen Kugel und stopfte es in einen der Ritze zwischen den alten Holzdielen. Auf keinen Fall sollte seine Mutter mitbekommen, dass er nach dem abendlichen Zähneputzen noch genascht hatte. Schnell hüpfte er wieder in sein Bett, schloss die Augen und lauschte. Die Stimmen waren immer noch da. Sein Vater rief etwas. Was war da los? Hatte er Besuch? Seine Mutter übernachtete bei Tante Linda in Pewsum, weil die jeden Moment das Kind bekommen würde. Onkel Rolf war irgendwo auf einem Lehrgang. Also mit wem stritt sein Vater?

Fest drückte Jasper seine beiden Hände auf die Ohren und summte leise vor sich hin. Er mochte es nicht, wenn sich jemand zankte. Seine Eltern waren Meister darin, sich in einer enormen Lautstärke auszutauschen. Einmal hatte er sogar das Wort *Scheidung* gehört. Jasper wusste, was das bedeutete.

Die Stimmen wurden immer lauter. Etwas polterte unüberhörbar zu Boden. Jasper sah auf seinen kleinen Wecker. Fast Mitternacht. Er stieg wieder aus seinem Bett, äußerst bemüht, keinen Laut zu verursachen. Auf Zehenspitzen schlich er zur Tür und öffnete diese vorsichtig. Jasper setzte sich auf die oberste Stufe der Holztreppe und lauschte angespannt. Aus der Küche drangen zwei Stimmen nach oben, eine gehörte seinem Vater. Die andere Person sprach schnell. Jasper konnte kein Wort verstehen und wusste nicht, ob es ein Mann oder eine Frau war.

Sein Vater schimpfte. Die andere Person entgegnete heftig ein paar Worte. Die Stimmen kamen näher. Jasper zuckte zurück. Er konnte durch die Stäbe des Geländers die kleine Glatze seines Vaters sehen, der jetzt im Flur stand. »Wenn es sein muss«, paffte dieser, riss seine Jacke vom Haken und öffnete die Haustür. Im fahlen Licht erkannte Jasper eine zweite Gestalt, die etwas kleiner als sein Vater war. Neben einer Pudelmütze trug diese Person eine dunkle Motorradjacke, deren Ärmel von der Schulter bis zum Handgelenk mit Nieten besetzt waren. Krachend flog die Tür hinter den beiden ins Schloss.

Schnell rannte Jasper in sein Zimmer, schlüpfte in seine Hose und zog im Flur seine Gummistiefel an. Seine Windjacke riss er vom Garderobenhaken und verließ ebenfalls das Haus.

Noch nie, solange er denken konnte, war er um diese Zeit außerhalb seines Elternhauses gewesen. Sein Vater und seine Begleitung waren schon ein ganzes Stück Richtung Mühlenstraße gelaufen. Der Junge rannte hinterher und versuchte, um Abstand bemüht, mit den Erwachsenen Schritt zu halten.

Seinen Vater erkannte er am Gang, die andere Person ging einen Schritt hinter ihm. Jasper sah, dass der nächtliche Besucher seinen Vater hin und wieder in die Rippen stieß. Sie schienen sich zu streiten.

In keinem der Häuser brannte Licht. Der Mond ließ den Zehnjährigen gerade noch die Umgebung erkennen. Die grüne Mühle der Zwillingsmühlen erkannte er schon von Weitem. Die sich ruhig drehenden Flügel sahen gespenstisch aus, wie riesige Adler, die auf Raubzug waren.

Der nächtliche Besucher drängte seinen Vater, indem er seine Hand auf dessen Rücken hielt, zu dem kleinen Anbau neben der Mühle. Jasper duckte sich und schlüpfte hinter einen Stromkasten. Er konnte sehen, dass die beiden heftig diskutierten. Wer konnte das sein? Wer kam mitten in der Nacht in sein Elternhaus, um mit seinem Vater zu streiten?, überlegte er ängstlich.

Gebückt lief der Junge an einer Hecke entlang und stand nun ungefähr vier Meter von seinem Vater entfernt. »Lass das. Was willst du?«, schrie sein Vater und sackte urplötzlich in sich zusammen.

Jasper sprang zwei Schritte nach vorne. Der Angreifer, der vor seinem Vater gekniet hatte, sprang auf und drehte sich abrupt um. Dabei blieb er mit seinem Ärmel an einem hervorstehenden Nagel hängen. Er sah das Kind direkt an und legte seinen Zeigefinger beschwörend auf seinen Mund. Danach fuhr er mit der flachen Hand an seiner Kehle entlang und richtete anschließend seinen ausgestreckten Zeigefinger auf Jasper. Dieser riss panisch die Augen auf, als er erkannte, wen er vor sich hatte. Mit einem Satz war Jasper bei seinem Vater, kniete nieder und sah, neben den leblos nach oben blickenden Augen, sehr viel Blut auf dem Hemd. Mit angstverzerrtem Gesicht sah der Junge sich um, aber der Angreifer war verschwunden.

Das Kind sprang auf und rannte den ganzen Weg nach Hause. Die Haustür stand einen Spalt offen. Er sprang ins Haus, lief nach oben und entledigte sich blitzschnell, bis auf den Schlafanzug, seiner Kleidung. Im Bett zog er die Decke über die Ohren. Alles war gut, alles war gut. Nichts ist geschehen, murmelte er leise. Wenn er morgen früh aufwachen würde, saß sein Vater bestimmt wie immer in der Küche und gab ihm eine Tasse heißen Kakao. Dann war alles nur ein böser Traum gewesen.

***

Mit einer schwungvollen Bewegung warf Babette Evert die Bettdecke auf einen Stuhl und begann heftig auf ihr Kopfkissen einzuschlagen, welches sie anschließend in das geöffnete Fenster ihres Schlafzimmers legte. Mit in die Hüften gestemmten Händen atmete sie die frische Luft des Aprilmorgens ein. Der Mief des Winters hing immer noch in den Stuben ihres kleinen Häuschens im Greetsieler Klaus-Störtebeker-Weg. Deshalb lüftete die Endsiebzigerin besonders lang und häufig.

In der Küche nahm sie die Teekanne vom Stövchen und goss sich ihre dritte Tasse Tee dieses Morgens ein. Sie schob die Ärmel ihres geblümten Morgenrocks nach oben und beugte sich über das Kreuzworträtsel der Emder Zeitung. Babette schwor auf das morgendliche Training ihrer Gehirnzellen, weil sie möglichst lange fit bleiben wollte.

»Italienische Schauspielerin«, murmelte die Rentnerin und stützte ihren Kopf auf. Italien … Keno und sie hatten ihre Reise zum vierzigsten Hochzeitstag nach Italien gemacht, ein

Unterfangen, welches mächtig in die Hose gegangen war. Ihr verstorbener Mann kam nicht damit zurecht, dass dort vorwiegend Nudeln auf der Speisekarte standen. Keno war es gewohnt, jeden Mittag seine Portion Kartoffeln zu verspeisen, um sich anschließend auf dem Sofa im Wohnzimmer zur Ruhe zu legen.

Ihr Blick wanderte zu der alten Wanduhr über der Küchentür. Ach du lieber Himmel, das hatte sie ja ganz vergessen! Hektisch sprang Babette auf, lief ins Bad und kleidete sich in Windeseile an. Der Termin bei ihrem Hausarzt war bereits in zwanzig Minuten. Diese immer wiederkehrenden Koliken waren enorm kräftezehrend, schmerzhaft und gingen ihr gewaltig auf die Nerven. Alles, was ihren wohlgeordneten und geplanten Tagesablauf störte, hasste die alte Ostfriesin.

Sie schlüpfte in ihren Regenmantel und schloss ihre Haustür zweimal hinter sich ab. Ihr Regenschirm öffnete sich mit einem Plopp und Babette machte sich auf den Weg zu Doktor Behrends.

Schon von Weitem sah sie neben der grünen Windmühle einen Einsatzwagen der Polizei. Eine Menge Schaulustige standen in einiger Entfernung herum und versuchten, einen Blick auf das Geschehen zu erhaschen. Das Areal um die Mühle war weiträumig mit rot-weißem Absperrband abgesperrt.

Holger Wehmann, der Inhaber des Geschäftes für Souvenirs, Bücher und ostfriesische Spezialitäten gegenüber der grünen Mühle, stand in der Tür seines historischen Müllerhauses und beobachtete aus der Distanz das Geschehen auf der anderen Straßenseite.

»Moin Babette«, begrüßte er die Greetsielerin, ohne den Blick von der Mühle zu wenden.

Frau Evert blieb stehen und sah ebenfalls zu dem Menschenauflauf. »Was ist denn da passiert?«

»Genau weiß ich es auch nicht, aber es ist etwas Schlimmes. Ich denke, da ist ein Verbrechen geschehen«, vermutete der Endvierziger.

»Echt?«, rief die ältere Frau. »Das ist ja schrecklich. Was war denn?«

»Ich hatte gerade den Laden geöffnet, weil ich die Lieferung noch … ist ja auch egal. Jedenfalls kam der olle Künast hereingestürmt und hat gestammelt, ich soll die Polizei rufen.«

»Hat er gesagt, warum?«

Wehmann zuckte mit den Schultern. »Er hat gesagt, da liegt ein toter Mann. Erst wollte ich rüberlaufen und nachsehen, aber dann hielt ich es für besser, erst den Notruf abzusetzen.«

Ungeduldig trat die Rentnerin von einem Bein auf das andere. »Und, bist du rüber gelaufen?«

Er nickte. »Ja, bin ich.«

»War er denn tot?«

»Ja.«

»Ja und? Holger, lass dir doch nicht alles aus der Nase ziehen. Wer ist es?« Fordernd klopfte sie auf seinen Arm.

»Es ist der Mann deiner Nichte Gesa.«

»Heiko?« Babettes Stimme überschlug sich.

Wortlos nickte Wehmann und sah weiterhin auf die gegenüberliegende Straßenseite, wo gerade ein Leichenwagen vorgefahren war.

***

Janneke hielt ihren Citroën vor der Alten Müllerei in der Greetsieler Mühlenstraße an und stieg aus. Sie schaute sich kurz um und betrat das Ladenlokal im Erdgeschoss. »Moin. Herr Wehmann?«

Der Ladeninhaber sah auf. »Frau Hoogestraat?«

Janneke nickte und reichte ihm die Hand. »Wo kann ich am besten mein Auto abstellen?«

»Von mir aus hinter dem Haus. Sie können gleich rechts reinfahren.«

Sie parkte auf dem angewiesenen Platz, nahm ihren Koffer und begab sich wieder in den Souvenirladen. »So, da bin ich wieder.«

»Dann kommen Sie mal mit.« Er zeigte auf die Treppe, die neben dem Tresen nach oben führte. »Leider müssen Sie immer durch den Laden, wenn Sie in die Ferienwohnung wollen, aber ich gebe Ihnen einen Schlüssel, dann sind Sie unabhängig.«

»Sehr gut«, freute sich Janneke und folgte Wehmann über die schmale steile Holztreppe nach oben, was in Anbetracht ihrer High Heels ein anstrengendes Unterfangen war.

»So, da wären wir.« Holger Wehmann hielt ihr die Tür auf.

Janneke betrat die Ferienwohnung und sah sich staunend um. Die Dachwohnung war hell und geräumig. Die Deckenbalken gaben dem Raum einen nostalgischen Charme. »Das ist echt gemütlich.«

»Machen Sie Urlaub hier?« Wehmann schloss ein Fenster. »Ich meine, weil Sie ja eigentlich in der Nähe von Leer wohnen und das ist ja nicht gerade weit von hier weg.«

Die Ostfriesin stellte ihren Koffer neben die Schlafzimmertür. »Nein, eigentlich bin ich zum Arbeiten hier.«

»Aha«, murmelte Wehmann und stand abwartend in der Tür.

»Könnten Sie mir Ihren WLAN-Schlüssel geben?« Janneke lief zum Fenster und sah hinaus. »Ich bin Autorin und zu Recherchezwecken muss ich manchmal ins Internet.«

Der Vermieter nickte und versprach, ihr noch am gleichen Nachmittag die Zugangsdaten fürs Internet und den Hausschlüssel zu bringen.

Als Janneke alleine war, schlüpfte sie aus den Schuhen und ließ sich aufs Sofa fallen. Sie schob ihre Hände hinter den Kopf und dachte an zu Hause, an Onkel Hinrich, ihre Nachbarn Jan und Elsie Klüverboom.

Aber genau wegen dieser Personen, die immer präsent waren, war sie geflüchtet. Normalerweise arbeitete sie zu Hause in ihrem Zimmer, aber sie schrieb gerade an einem Drehbuch und da konnte sie keinerlei Störung gebrauchen. Hinrich, mit dem sie das großelterliche Haus in ihrem Heimatort Amdorf bewohnte, hatte die Angewohnheit, immer zur unpassenden

Zeit zum Essen zu rufen. Manchmal war er auch der Ansicht, dass sofort einige unaufschiebbare Dinge zu regeln seien.

Deshalb war Janneke der Auffassung, dass genau diese gemütliche Dachwohnung in Greetsiel der richtige Ort war, um ihre Arbeit erfolgreich abzuschließen.

Gut gelaunt räumte sie ihre Sachen in den Kleiderschrank und die Kommode, schob den Esstisch unters Fenster und stellte ihren Laptop darauf. Zufrieden sah sie aus dem Fenster. Die Sonne war hervorgekommen und Janneke verspürte unbändige Lust auf frische Luft. Sie nahm ihre Windjacke, schlüpfte in ihre bequemeren Schuhe, die aber ebenfalls über einen erhöhten Absatz verfügten, und verließ die Ferienwohnung.

Vorsichtig stieg sie die Holztreppe herunter.

»Gut, dass ich Sie sehe.« Wehmann reichte ihr einen Zettel mit den Internetzugangsdaten. »Und hier sind noch die Schlüssel.«

»Danke.« Janneke nahm den Schlüsselbund mit einem Leuchtturmanhänger entgegen. »Sagen Sie, wo kann ich am besten einkaufen?«

Der Ladenbesitzer beschrieb ihr den Weg zum Lebensmittelladen. »Wenn Sie außen herumfahren, können Sie auch Ihr Auto nehmen. Der Zugang zum Ortskern ist nur für Fußgänger erlaubt, damit die Gäste nicht gestört werden.«

»Ich vermute mal, dass Greetsiel im Sommer gut besucht ist?«

»Das stimmt. Manches Mal ist hier ein ganz schöner Trubel. Entschuldigen Sie bitte«, bat Wehmann und drehte sich um. Eine ältere Frau hatte den Laden betreten. »Babette, ist was passiert?« Er machte zwei Schritte auf die ältere Frau zu.

»Na ja, wie man es nimmt«, stöhnte die Frau. »Im Grunde genommen ist nichts passiert, und das ist das eigentlich Tragische.« Sie sah Janneke an. »Verzeihen Sie bitte. Ich rede nur von mir. Sind Sie der Feriengast von Holger?«

»Ja, stimmt.« Sie streckte der Frau die Hand entgegen. »Janneke Hoogestraat.«

»Sie ist Autorin«, ergänzte Wehmann. »Stimmt doch, oder?« Fragend sah er seinen Gast an.

»Genauso ist es«, bestätigte Janneke.

»Ich bin Babette Evert«, lächelte die Frau und drückte Jannekes Hand. »Holger und ich sind über ein paar Ecken verwandt. Was schreiben Sie denn? Liebesromane oder historische Geschichten?«

»Vorwiegend Kriminalromane«, erzählte Janneke. »Das kann ich wohl am besten.«

»Kriminalromane«, murmelte Frau Evert. »Das Leben ist aber noch abscheulicher als die erdachten Geschichten in den Büchern.«

»Wie meinen Sie das?«, fragte die junge Ostfriesin nach.

Herr Wehmann war inzwischen mit zwei Kundinnen im hinteren Bereich des Ladens verschwunden. Babette Evert zog Janneke ein wenig zur Seite. »Vor zwei Monaten wurde der Mann meiner Nichte erstochen.« Sie zeigte auf die gegenüberliegende Mühle. »Genau hier hat man ihn gefunden.«

»Das ist ja schrecklich.«

Babette nickte. »Meine Nichte Gesa ist total erschöpft. Heiko war erst vierundvierzig Jahre alt und Teilhaber einer Firma zusammen mit seinen Brüdern. Sie können sich ja vorstellen, was für ein Durcheinander das jetzt ist.« Sie zog ein Taschentuch aus ihrer Jackentasche und schnäuzte sich ausgiebig. »Wissen Sie, junge Frau, die finanziellen Dinge kann man ja irgendwie regeln, aber Jasper ist seitdem total verändert. Das macht uns große Sorgen.«

»Wer ist Jasper?«

»Gesas und Heikos Sohn.« Frau Evert hatte vor lauter Aufregung rote Flecken im Gesicht.

»Der Tod des Vaters hat ihn sicherlich aus der Bahn geworfen«, meinte Janneke und legte ihre Hand beruhigend auf den Arm der Greetsielerin.

»Ja, davon gehen alle aus. Aber er spricht seit dem Tod des Vaters nicht mehr.«

»Er ist stumm?«

Babette nickte. »Er hat seit dem Morgen, als seine Mutter ihm gesagt hat, dass sein Vater in der Nacht zuvor gestorben ist, kein Wort mehr gesprochen.«

***

Gesa Oltmanns warf den Kopf zurück und versuchte ihre Tränen zu unterdrücken. Schon zum millionsten Mal war sie alle Gespräche, alle Besonderheiten und Ereignisse im Geiste durchgegangen, welche sich in den Wochen vor dem Tod ihres Mannes ereignet hatten. Auch wenn sie noch so grübelte, sie hatte noch nicht mal den Hauch einer Idee, wer und vor allem warum jemand ihren Ehemann getötet haben könnte. Heikos Brüder Harm und Bruno, Mitinhaber der gemeinsamen Firma, waren ebenso ratlos. Als Erbin von Heikos Anteilen an der Firma und als Vormund von Jasper hatte sie unzählige Papiere unterschreiben müssen. Auch Heikos Schwester Ida, eine stille Teilhaberin der Firma *Oltmanns Küsten-Räucherei*, hatte keine Erklärung für diese Tat.

Die junge Witwe stand auf und goss sich etwas Portwein ein, der in einer geschliffenen Kristallkaraffe auf dem Büfett stand. Es war zwar noch früher Nachmittag, aber der Alkohol nahm ein wenig den Druck von ihrer Brust, den sie seit dem Tod ihres Mannes vor acht Wochen verspürte.

Am allerschlimmsten aber war die Sprachlosigkeit ihres Sohnes. Eine Nachbarin hatte Jasper an jenem Morgen weinend in seinem Bett vorgefunden. Frau de Vries hatte sich gewundert, dass um neun Uhr noch alle Jalousien im Hause Oltmanns geschlossen waren. Mithilfe des Notschlüssels, der sich unter der kleinen Steinhexe im Vorgarten befand, gelangte sie ins Haus und fand das völlig aufgelöste Kind vor, welches sich unter seiner Bettdecke verkrochen hatte. Sofort hatte sie bei Gesas Schwester Linda in Pewsum angerufen und ihr Bescheid gesagt, dass Jasper ganz alleine im Haus war.

Die Polizei hatte Jaspers Mutter schon erwartet, als sie nach Hause kam. Die ersten beiden Tage hatte Gesa zwar registriert, dass Jasper auf alle Fragen nur mit einem Nicken oder Kopfschütteln antwortete, dies jedoch auf den unmittelbaren Schock durch den Tod seines Vaters zurückgeführt. Nach ein paar Tagen aber wurde ihr bewusst, dass etwas nicht stimmte. Auch auf ihre wiederholten Nachfragen, was denn geschehen sei, schüttelte ihr Sohn nur den Kopf und lief hinaus.

Vor zwei Wochen hatte sie mit ihrem sprachlosen Sohn zum wiederholten Mal den Kinderarzt aufgesucht, der sie beruhigte. »Lassen Sie ihm Zeit. Der Tod seines Vaters ist ein Trauma für ihn. Wenn ein wenig Zeit vergangen ist, wird er wieder reden.«

Dessen war sich Gesa nicht so sicher, denn Jasper schien sich mit der neuen Situation arrangiert zu haben. Er ging ohne Probleme in die Schule, machte seine Hausaufgaben und spielte in den Pausen mit seinen Freunden Fußball. Ansonsten sprach ihn die Lehrerin, die über die Besonderheit informiert war, nur an, wenn er die Frage mit einem Nicken oder Kopfschütteln beantworten konnte. Seine Mitschüler nahmen die Wortlosigkeit von Jasper als gegeben hin.

Gesa sah zur Uhr und sprang auf. Sie stellte sich im Flur an den Fuß der Treppe. »Jasper?«, rief sie und wartete, bis ihr Sohn vom oberen Treppenabsatz zu ihr herunterschaute. »Es ist fast halb vier. Dein Fußballtraining fängt gleich an.«

Jasper schüttelte heftig den Kopf.

»Du willst nicht hingehen?«, hakte seine Mutter nach.

Wieder verneinte der Junge stumm.

»Dann komm wenigstens runter. Ich mache dir einen Kakao.«

Jasper kam zögernd die Treppe hinunter und folgte seiner Mutter in die Küche.

»Hier«, sagte Gesa und stellte ihrem Sohn eine Tasse heißen Kakao hin. »Heute Abend kommt Linda mit dem Baby.«

Jasper machte eine abwehrende Bewegung.

»Freust du dich nicht?«

Der Junge schüttelte den Kopf.

»Warum denn nicht? Die Kleine ist doch so süß.«

Der Junge öffnete die Küchenschublade und nahm einen Block heraus. *Das Baby schreit* schrieb er und reichte seiner Mutter den Block.

»Das ist nun mal bei kleinen Kindern so. Du hast auch heftig geschrien. Papa hat immer gesagt, das ist gut für die Lungen.« Jaspers Mutter legte den Block wieder an seinen Platz zurück und nahm ihren Sohn in den Arm. »Ich wünschte, du könntest mir sagen, wie ich dir helfen kann. Es ist schlimm, dass Papa nicht mehr da ist, aber ich verspreche dir, dass irgendwann alles wieder gut wird.«

Mit einer heftigen Bewegung riss sich Jasper los, stürmte die Treppe hinauf und warf mit einem heftigen Knall die Tür seines Zimmers hinter sich zu.

***

»Ich freue mich über Ihren Besuch«, lächelte Frau Evert und schob ein Stück gedeckten Apfelkuchen auf Jannekes Teller.

»Bei so einer netten Einladung kann ich ja nicht widerstehen.« Die junge Ostfriesin saß in Babettes Küche und ließ sich den selbst gebackenen Kuchen schmecken.

»Leben Sie alleine?« Die alte Dame hatte sich ebenfalls ein Stück Kuchen genommen. »Ich will ja nicht neugierig sein, aber ich interessiere mich für andere Menschen.«

Janneke legte ihre Kuchengabel hin. »Nein, ich finde das nicht neugierig. Mir geht es ja genauso. Also, ich lebe mit meinem Onkel Hinrich im Haus meiner verstorbenen Großeltern in der Nähe von Leer. Einmal war ich kurz verheiratet.« Lachend winkte sie ab. »Aber das ist schon lange her. Wir sind inzwischen Freunde, die alle zwei Jahre einmal miteinander telefonieren.«

»Ja, heutzutage bleiben die Menschen nicht ihr ganzes Leben zusammen«, stellte Babette fest.

»Mein Onkel backt für sein Leben gerne. Ihr Apfelkuchen erinnert mich an ihn«, erzählte Janneke.

Babette füllte die beiden Teetassen erneut. »Ich habe ja keine Kinder«, erklärte sie. »Irgendwie sollte das nicht sein, aber Gesa und Linda, die Töchter meiner verstorbenen Schwester, sind für mich wie eigene Kinder.«

»Und Gesa ist diejenige, deren Mann so schrecklich ums Leben gekommen ist?«

»Ja, das ist richtig.« Babette Evert machte ein betrübtes Gesicht. »Ich gehe fast jeden Tag zu ihr. Der Junge macht uns Sorgen.«

»Ihr Großneffe? Er spricht immer noch nicht?« Janneke hatte sich im Internet schlaugemacht, nachdem Frau Evert ihr bei ihrer ersten Begegnung von der Sprachlosigkeit des Kindes erzählt hatte. Es kam wohl häufig vor, dass Kinder nach einem Trauma, besonders wenn sie sehr schüchtern waren, nur im engsten Familienkreis redeten. Aber bei diesem Jungen schien es noch ernster zu sein. »Spricht Jasper … so heißt er doch?«

»Ja, er ist nach seinem Großvater väterlicherseits benannt.« Babette zeigte auf ein Foto neben der Tür, das einen Jungen am Tag seiner Einschulung zeigte. »Das ist Jasper.«

Janneke nickte. »Spricht Jasper auch nicht mit seiner Mutter?«

»Nein, mit keinem Menschen.« Jannekes Gastgeberin verschränkte ihre Hände. »Jasper war nie schüchtern, ist immer auf alle Menschen ohne Hemmungen zugegangen. Organisch ist alles in Ordnung, sagt der Kinderarzt.«

»Entschuldigen Sie bitte, dass ich das frage. Vielleicht ist dies berufsbedingte Neugier. Wissen Sie denn Näheres über den Tathergang?« Janneke versuchte, ihren Wissensdrang zu zügeln. Wer hätte gedacht, dass sie ausgerechnet in dem beschaulichen Fischerdörfchen Greetsiel auf einen Mord stoßen würde?

Babette zuckte mit den Schultern. »Gesa hat mir nichts erzählt. Ich habe auch nicht gefragt. Das ist alles so schrecklich. Heiko war ein netter Mann. Und fleißig war er.«

»Herr Wehmann hat mir erzählt, dass Heiko Oltmanns mit seinen Geschwistern Mitinhaber einer Firma war.«

»Ja, die drei Jungs haben das Geschäft von ihrem Vater übernommen. Die Schwester Ida hat sich meistens aus allem herausgehalten.« Babette schob ihren Kuchenteller von sich. »Das war alles auch nicht so einfach, denn es gab viele Auseinandersetzungen wegen der Firma. Die Brüder hatten wohl sehr unterschiedliche Auffassungen davon, wie man erfolgreich eine Firma betreibt.«

»Vielleicht hat das ja alles auch Einfluss auf die Mordtat gehabt«, überlegte Janneke und schlug sich sofort erschrocken auf den Mund. »Ich will natürlich nicht damit sagen, dass jemand aus Ihrer Familie etwas damit zu tun hat.«

Frau Evert stand auf und holte aus dem Kühlschrank eine kleine Flasche Sekt. »Mein Kreislauf spinnt wieder. Mögen Sie auch einen Schluck?«

Janneke hob abwehrend die Hände. »Nein, ich vertrage so gut wie keinen Alkohol.«

Frau Evert öffnete die Flasche und ließ von dem perlenden Getränk etwas in eine Sektschale laufen. »Prost, meine Liebe. Ich hoffe, dass sich alles noch zum Guten wendet.« Sie hob das Glas und trank es in einem Zug leer. »Das tat gut. Noch ein Stückchen Apfelkuchen?«

»Nein, vielen Dank. Zwei Stück reichen.« Janneke stellte ihren Löffel in ihre Teetasse, damit ihre Gastgeberin wusste, dass sie keinen Tee mehr mochte. »Hat die Polizei denn schon einen Verdacht, wer für die Tat verantwortlich sein könnte?«

»Das müssen Sie meine Nichte fragen, ich habe keine Ahnung.« Frau Evert überlegte kurz. »Wissen Sie was? Ich gehe morgen Nachmittag zu ihr. Ich rufe Gesa an und frage, ob es in Ordnung ist, wenn ich Sie mitbringe. Vielleicht lenkt es meine Nichte ein wenig ab und sie ist froh, mit jemandem zu reden, der gänzlich unbeteiligt an der ganzen Geschichte ist.«

Janneke nickte zustimmend. Babette Evert goss sich den Rest der Flasche in ihr Glas und leerte es wieder in einem Zug.

2. Kapitel

»Schöne Scheiße«, brummte Harm Oltmanns ärgerlich und warf den Brief des Finanzamts auf den Schreibtisch. »Ich weiß auch nicht, wie wir das alles bezahlen sollen.« Er stützte seinen Kopf in beide Hände. »Wir müssen uns irgendetwas einfallen lassen, sonst hängen wir mit dem Arsch am nächsten Laternenpfahl.«

Sein Bruder Bruno lehnte am Aktenschrank im Büro der gemeinsamen Firma im Gewerbegebiet von Greetsiel. Er dachte an seine Frau Emmi, die ihm heute Morgen zwischen Tür und Angel mitgeteilt hatte, dass ihre gemeinsame Tochter Aaltje einen Mann aus Estland heiraten würde.

Ida, eine Frau Anfang sechzig, sah abwechselnd ihre Brüder an. »Wieso regt ihr euch so auf? Die Versicherung wird schon bezahlen.« Sie tippte sich an die Stirn. »Aber ihr wisst auch so gut wie ich, dass eine Auszahlung einer Lebensversicherung eine Ewigkeit dauern kann. Und in Heikos Fall sind noch nicht einmal die genauen Umstände seines Todes geklärt. Da nützt uns seine Lebensversicherung im Moment überhaupt nichts.« Sie erhob sich aus dem tiefen Ledersessel und nahm ihre Tasche. »Ihr müsst euch etwas anderes einfallen lassen. Schließlich seid ihr für Vaters Firma verantwortlich.«

Ohne einen Abschiedsgruß rauschte Ida Bölter hinaus.

Bruno begann, im Zimmer auf und ab zu laufen. »Sie wird auch immer merkwürdiger.«

Harm nickte. »Ida hat schon immer gedacht, sie sei etwas Besonderes. Seitdem sie diesen Kerl geheiratet hat, dreht sie ganz durch. Hast du gesehen? Sie konnte ihr Gesicht kaum noch bewegen. Sie hat sich sicher so ein Zeugs unter die Haut spritzen lassen.«

»Du meinst wegen der Falten?«

»Joo«, brummte Harm. »Also, wenn Hilke so was machen würde …« Er schüttelte sich.

Bruno lachte. »Deine Frau hat das gar nicht nötig. Sie ist ja noch so jung.«

»Wahrscheinlich hat Ida das gemacht, weil sie zwanzig Jahre älter ist als ihr Mann. Ich wundere mich immer wieder, dass diese Ehe schon seit acht Jahren besteht«, sinnierte Harm weiter und legte die Mahnung des Finanzamtes in die Schublade seines Schreibtischs. »Ich denke, es ist an der Zeit, dass wir Vaters Kutter verkaufen. Das hält uns eine Weile über Wasser.«

»Du weißt, dass Heiko immer dagegen war«, wandte Bruno ein. Er wollte, genau wie unser Vater, dass die *Neptun* im Familienbesitz bleibt.

Harm sah seinen Bruder streng an. »Heiko ist tot. Hast du das vergessen?« Er zeigte auf einen Schnellhefter, der auf seinem Schreibtisch lag, und lächelte provozierend. »Er kann jetzt keine Einwände mehr haben. Gesa hat die Genehmigung zum Verkauf des Kutters als Jaspers Vormund schon lange unterschrieben.«

»Obwohl sie die Meinung ihres Mannes kannte? Das hast du ja schlau angestellt, du Schlitzohr.« Bruno lachte. »Sie hat natürlich nicht gemerkt, was sie unterschrieben hat, oder?«

»Im Moment ist sie mit anderen Dingen beschäftigt«, grinste Harm. »Wir sollten für heute Schluss machen. Ich wollte sowieso noch …« Sein Handy klingelte.

»Oltmanns.« Sein Gesicht wurde ernst. »Ist gut, sag uns Bescheid, wenn wir etwas tun können.«

»Was ist los?«, wollte Bruno wissen, als sein Bruder aufgelegt hatte. »Das war Gesa. Jasper hatte einen Unfall. Jemand hat ihn mit dem Auto angefahren.«

***

Entspannt saß Janneke am nächsten Tag auf einer Bank vor *Poppingas alter Bäckerei* in Greetsiel und genoss die wärmende Junisonne, während sie auf Frau Evert wartete.

Nur schwer hatte sie sich gestern nach ihrem Besuch bei der Rentnerin auf ihre Arbeit konzentrieren können. Immer wieder waren ihre Gedanken abgeschweift. Nach den Erzählungen von Babette Evert war der Ehemann ihrer Nichte ein unbescholtener und fürsorglicher Familienvater gewesen. Wer hatte also einen Grund, ihn zu töten?

»Entschuldigen Sie bitte.« Frau Evert hatte sich neben sie gesetzt. »Ich habe mich in der Zeit verschätzt. Meine Beine … ich brauche immer länger für eine Wegstrecke. Aber Sie haben ja gewartet.«

Janneke legte eine Hand über ihre Augen, um sich vor der Sonne zu schützen. »Ich bitte Sie, auf ein paar Minuten mehr oder weniger kommt es nicht an.«

»Dann ist ja gut. Vielleicht kann ich einen Moment verschnaufen.« Die Rentnerin holte tief Luft und legte ihre Arme auf ihre Tasche, die sie auf dem Schoß hielt. Ihr Blick fiel auf Jannekes überdimensionale Handtasche. »Was haben Sie denn alles da drin? Die Tasche ist ja wirklich enorm groß.«

Die junge Ostfriesin lachte. »Das ist so ein Spleen von mir. Ich schleppe so viel Zeug mit mir rum, deshalb kann ich mit so kleinen Täschchen nichts anfangen.«

»Sie lieben modische Sachen?«, vermutete Frau Evert und deutete auf Jannekes grünen Leinenrock. »Ich ziehe fast jeden Tag das Gleiche an. Außer wenn es mal gewaschen werden muss. Ich habe keine Lust, mir jeden Tag den Kopf über Kleidung zu zerbrechen.«

»Ja, ich liebe Mode«, bestätigte die junge Frau. »Ich kann nur schwer an einer Boutique vorbeigehen, ohne mir etwas zu kaufen. Das hat mich schon öfter in Schwierigkeiten gebracht.« Sie rieb Daumen und Zeigefinger aneinander.

Babettes Blick fiel nun auf die hochhackigen Schuhe ihrer Sitznachbarin. »Die Schuhe sind ja schick mit der lila Schleife, aber unpraktisch. Ich hätte mir nach drei Schritten den Hals gebrochen.«

»Alles reine Übung, aber ich gebe Ihnen recht, unpraktisch sind sie schon. Wenn ich an das Klinkerpflaster hier auf den

Straßen denke. Wahrscheinlich wären Turnschuhe die bessere Wahl.« Sie steckte ein Bein nach vorne und drehte ihren Fuß hin und her. »In flachen Schuhen sehe ich aus wie ein Trampeltier. Deshalb habe ich auch vierundsiebzig Paar Schuhe mit hohen Absätzen zu Hause.«

»Oh, das ist eine ganze Menge. Ihre armen Füße. Meine Mutter hat früher immer gesagt, Schönheit muss Pein leiden. Wahrscheinlich geht es nur schick oder bequem.« Schwerfällig erhob sich Frau Evert. »Wir sollten los. Gesa wartet sicher schon.«

Fünf Minuten später drückte die Rentnerin auf die Klingel am Haus ihrer Nichte. Gesa öffnete sofort und ließ die beiden Besucherinnen wortlos eintreten.

»Das ist Frau Hoogestraat. Ich hatte ihr gestern von dir erzählt.«

»Moin Frau Oltmanns.« Janneke streckte der jungen Witwe die Hand hin. »Nett von Ihnen, dass ich mitkommen durfte.«

Gesa nickte nur stumm.

»Was ist denn los?«, fragte Babette ihre Nichte. »Du wirkst total verstört. Ist etwas passiert?«

Gesa nickte. »Kommt erst mal herein. Ich habe Tee gemacht.«

Babette und Janneke folgten ihr in die Küche, wo der Teetisch gedeckt war. Gesa deutete mit einer Handbewegung auf die beiden Stühle vor dem Tisch.

»Also, was ist los?«, wollte Babette wissen, als sie saß.

»Jasper hatte einen Unfall. Gestern Nachmittag hat ihn jemand mit dem Auto angefahren. Er ist gestürzt und hat sich am Kopf verletzt.« Gesa schlug die Hände vors Gesicht.

»Wie geht es ihm jetzt?«, fragte die Rentnerin aufgeregt nach.

»Mein Nachbar hat ihn gestern Nachmittag in die Notaufnahme ins Krankenhaus nach Norden gebracht. Vor einer Stunde habe ich ihn erst abgeholt. Jasper sollte eine Nacht zur Beobachtung bleiben, aber es ist zum Glück nichts Schlimmeres passiert.«

»Und der Fahrer?« Janneke ahnte die Antwort bereits.

»Abgehauen ist er«, schrie Jaspers Mutter. »Das Schwein ist abgehauen. Der Arzt hat gesagt, dass mein Sohn ungeheures Glück gehabt hat.« Sie zeigte an ihre Schläfe. »Wenn er direkt mit der Schläfe auf den Kantstein gefallen wäre, dann wäre er jetzt tot.«

»Wo ist das denn passiert?«, wollte Janneke wissen.

»Auf dem Weg von der Schule nach Hause. Nein, vom Sportplatz nach Hause.«

»Macht Jasper wieder Sport?« Babette nahm die Teekanne und goss die drei Tassen voll.

Gesa schüttelte den Kopf. »Nein, eigentlich nicht mehr. Seitdem Heiko tot ist, verkriecht er sich in seinem Zimmer und malt seine Comics. In der Schule sagt er nichts und spielt nur noch selten mit seinen Freunden, außer auf dem Schulhof in den Pausen. Gestern war er das erste Mal wieder nachmittags auf dem Sportplatz, aber er wollte nur zugucken.«

»Der arme Junge«, bedauerte Babette ihren Großneffen. »Der Tod seines Vaters hat ihm ganz schön zugesetzt.«

Jaspers Mutter nickte. »Mir tut es unendlich leid, dass ich ausgerechnet in dieser Nacht nicht zu Hause war, aber Linda hatte mich ja gebeten, bei ihr zu übernachten, weil ihr Mann nicht da war.«

Janneke hatte die ganze Zeit aufmerksam zugehört. Frau Oltmanns wirkte total verstört. Man sah ihr an, dass sie mit der ganzen Situation überfordert war. »Ich möchte mich nicht einmischen, aber darf ich Sie etwas fragen?«

Gesa Oltmanns sah Janneke an. »Fragen Sie nur. Es tut mir gut, wenn ich über die Ereignisse reden kann. Vielleicht hat irgendein Mensch eine Idee, was mit meinem Sohn los ist.«

»Ich würde mich freuen, wenn ich Ihnen helfen kann«, antwortete Janneke. »Dann war also Ihr Mann in dieser Nacht hier zu Hause bei Jasper?«

»Ja, sonst wäre ich ja nicht in Pewsum geblieben. Ich verstehe gar nicht, wieso Heiko überhaupt das Haus verlassen hatte, obwohl Jasper oben geschlafen hat.«

»Es hat sicher einen Grund gegeben«, vermutete Janneke. »Können Sie sich vorstellen, was das gewesen sein könnte?«

»Nein, Heiko war immer sehr fürsorglich. Ich kann mir keinen Grund vorstellen, warum er seinen Sohn alleine gelassen hat.«

»Wann hat man Ihren Mann am Morgen denn gefunden?«

»Kurz vor sieben Uhr am Morgen. Ja, so hat mir das die Polizei gesagt.«

»Wissen Sie auch, um welche Uhrzeit Ihr Mann verstorben ist?«

Gesa nickte. »Die Obduktion hat ergeben, dass es gegen Mitternacht gewesen ist.«

Mit einem empörten Gesichtsausdruck schob Babette ihre Teetasse von sich. »Gesa, ich verstehe dich nicht. Musst du dich mit diesen grässlichen Einzelheiten befassen? Das zieht dich doch nur noch mehr runter.« Kopfschüttelnd sah sie ihre Nichte an. »Denk doch mal an deinen Sohn.«

»Tante Babette, ich muss darüber reden«, entgegnete die Witwe aufgebracht. »Das macht es mir auch leichter, mit der ganzen Sache umzugehen. Deshalb bin ich auch froh, dass Sie gekommen sind, Frau Hoogestraat. Es erleichtert mich, wenn mir jemand zuhört.« Sie trank einen Schluck Tee. »Meine Schwester hat mit ihrer kleinen Tochter genug zu tun, meine beiden Schwager stellen inzwischen ihre Ohren auf Durchzug, wenn ich davon anfange. Meine Schwägerin Hilke ist noch so jung und Ida erst …«

Frau Evert nickte heftig. »Mit der kannst du nix mehr anfangen, seitdem sie mit dem Musikheini verheiratet ist.«

»Ist er Musiker?«, fragte Janneke nach.

»Nein, dafür hat es wohl nicht ganz gereicht«, klärte Gesa ihren Gast auf. »Er ist Diskjockey. Nachts ist er immer unterwegs in den diversen Diskotheken und am Tag schläft er. Ich denke, Ida hat inzwischen von ihm die Nase voll.«

»Aber warum hat sie dann einen Kerl geheiratet, der zwanzig Jahre jünger ist als sie?«, warf Gesas Tante ein. »Davon wird sie auch nicht hübscher. So eine alte Schachtel«, schimpfte sie weiter. »Mit ihren schwarz gefärbten Haaren und dem bleichen Gesicht sieht sie aus wie Schneewittchen, eben nur in alt.«

»Du kannst ja richtig gehässig sein«, meinte Gesa, nickte aber dann zustimmend.

»Wo ist denn Ihr Sohn jetzt?«, wollte Janneke wissen.

»In seinem Zimmer. Ich soll ihn in Ruhe lassen, hat er gesagt.«

»Gesagt?«

»Nein, er hat es auf einen Zettel geschrieben. Ich habe mich in den vergangenen Wochen schon so daran gewöhnt, dass ich den Unterschied gar nicht mehr mache.« Gesa stand auf und holte drei Wassergläser aus dem Schrank. »Möchte jemand etwas trinken?« Babette und Janneke verneinten. Mit unruhiger Hand goss sich Gesa etwas Mineralwasser ein und trank es in gierigen Zügen. »Ich hoffe, dass sich bald alles irgendwie bessert.«

»Jetzt setz dich wieder«, forderte Babette und sah streng in die Runde. »Wir müssen jetzt alle nach vorne sehen und das Wichtigste ist dein weiteres Leben und dass der Junge wieder spricht.«

»Du hast ja recht«, meinte Gesa kleinlaut. »Zum Glück kümmern sich Harm und Bruno um die Firma. Ich habe von all den Dingen keine Ahnung.«

»Sie haben die Anteile Ihres Mannes geerbt?«

»Ja, vorerst. Wenn Jasper fünfundzwanzig Jahre alt ist, bekommt er die Anteile. Bis dahin bin ich verantwortlich.«

»Ist Ihr Mann denn schon beerdigt?«

Die junge Witwe schüttelte den Kopf. »Nachdem die Polizei den Leichnam freigegeben hat, haben wir ... also Heiko ... es gibt eine Urne.«

»Heiko hat das so gewollt«, ergänzte Tante Babette. »Er wünschte sich eine Seebestattung. Wann war noch mal der Termin genau?«

»In zwei Tagen.« Jaspers Mutter seufzte. »Ich wollte, es wäre schon vorbei. Wenn ich mir vorstelle, alle stehen auf dem Schiff und warten, bis die Urne im Wasser verschwindet.«

»Ich bin ja bei dir«, versuchte Frau Evert, ihre Nichte zu trösten.

»Danke, das ist lieb von dir.« Gesa nahm die Hand ihrer Tante.

Mit schmerzverzerrtem Gesicht erhob sich die ältere Frau. »Ich tue, was ich kann. Hoffentlich bin ich dann fit genug, auf das Schiff zu steigen.«

Unsicher sah Gesa Oltmanns die junge Ostfriesin an. »Frau Hoogestraat, würde es Ihnen etwas ausmachen, meine Tante zu begleiten? Das würde mir sehr helfen. Ich muss mich doch um Jasper kümmern.«

Janneke versprach, ihre neue Bekannte zur Seebestattung zu begleiten.

3. Kapitel

Mit aufgestütztem Kopf saß Jasper am Fenster seines Zimmers und starrte grübelnd auf den nächtlichen Hafen hinaus. Jedes Mal, wenn er an jene Nacht zurückdachte, krampfte sich sein Magen zusammen. Als er an jenem Morgen erwacht war, hatte er mit angehaltenem Atem in die Stille seines Elternhauses gelauscht. Entgegen seiner Hoffnung saß sein Vater nicht in der Küche und hatte für ihn Kakao zubereitet. Ängstlich war er wieder nach oben gerannt und hatte sich so lange weinend unter seiner Bettdecke versteckt, bis Frau de Vries ihn gefunden hatte. Sofort hatte sie seine Mutter verständigt, die erst wieder zu Hause eintraf, als die Polizei schon da war.

Seitdem sah er jeden Abend, bevor er einschlief, den Mann mit der Pudelmütze und der Lederjacke vor sich, der mit einer unmissverständlichen Bewegung über seine Kehle gestrichen und ihm so signalisiert hatte, dass er, sobald Jasper auch nur ein Wort über seine Beobachtung verlor, ihn ebenfalls töten würde.

Jasper hatte seitdem den Eindruck, dass die nächtlichen Geräusche des Hauses noch bedrohlicher waren. Er aß seinen ganzen Vorrat an Ostereiern auf, saß bis spät in die Nacht am Fenster seines Zimmers und schaute in die Dunkelheit hinaus. Er fühlte sich hilflos und hatte furchtbare Angst.

Die ersten Tage nach dem Tod seines Vaters war seine Kehle wie zugeschnürt. Seine Zunge versagte ihren Dienst, seine Stimmbänder existierten nicht mehr. Mehrmals versuchte Jasper spät abends, wenn er im Bett lag, den Mund zu öffnen und einen Ton herauszubringen. Allenfalls hörte er einen krächzenden Laut. Auch als er versuchte, seine Lungen mit Luft zu füllen und mithilfe der ausströmenden Luft einen Ton zu erzeugen, musste der Junge aufgeben.

Nach und nach dämmerte es Jasper, dass dieser Zustand für ihn vielleicht die Rettung war. Um nicht aus Versehen einen Hinweis auf den Mörder seines Vaters zu geben, hielt der

Junge es für möglich, dass sein Körper einfach seine Zunge auf lautlos gestellt hatte. Dieser Umstand verhinderte zudem, dass man ihn lange und ausführlich befragen konnte. Da er alle an ihn gestellten Fragen nur mit einem Kopfnicken oder -schütteln beantworten konnte, war die Sache schnell erledigt, was den Jungen ungemein erleichterte. Auf die Nachfrage, ob er in der Nacht etwas gehört oder gesehen hatte, hatte er unmissverständlich mit einem Kopfschütteln geantwortet. Der junge Polizist wollte dann noch wissen, ob er etwas geträumt habe, was Jasper wieder stumm verneinte. »Also hast du ganz fest geschlafen?«, hatte der Mann in Uniform nachgefragt, was er unmissverständlich bejahte.

Seine Schulkameraden hatten seine Sprachlosigkeit schnell akzeptiert, seine Lehrer allerdings erst, nachdem sie lange mit seiner Mutter gesprochen hatten. Die Erwachsenen waren in den vergangenen Wochen allgemein zu der Erkenntnis gelangt, ihn in dieser Hinsicht in Ruhe zu lassen, bis er das Trauma, nämlich den Tod seines Vaters, überwunden habe.

An einem Nachmittag, Jasper war mit seinem Fahrrad vom Sportplatz auf dem Weg nach Hause, kam ihm ein weißer großer Wagen entgegen. Auf seiner Höhe angekommen, lenkte der Fahrer ohne ersichtlichen Grund auf die Gegenfahrbahn direkt auf ihn zu und stoppte urplötzlich. Jasper bremste hart und versuchte noch auszuweichen. Das Vorderrad seines Fahrrades berührte die Stoßstange des Autos.

Er hatte ihn sofort erkannt, obwohl sich die gegenüberliegende Straßenseite in der Frontscheibe gespiegelt hatte. Der Wagen, der ihn absichtlich zur Seite gedrängt hatte, war ihm gänzlich fremd. Niemand, den er kannte, fuhr solch einen weißen Geländewagen. Jasper wollte gerade sein Rad zurückschieben, als der Fahrer seinen Motor aufheulen ließ und das Auto ein wenig nach vorne sprang. Jasper wurde, von der Wucht getroffen, auf den Gehweg geschleudert und blieb dort mit schmerzverzerrtem Gesicht liegen. Noch ehe er die Augen wieder öffnen konnte, hörte er, dass sich der Angreifer im Auto entfernte.

Notdürftig säuberte er seine Hose und schob sein Rad nach Hause. Erst, als seine Mutter entsetzt aufschrie, registrierte der Zehnjährige, dass am Kopf eine stark blutende Wunde klaffte. Panisch telefonierte seine Mutter mit dem Nachbarn Jan de Vries, der ihn, nachdem seine Mutter die Wunde notdürftig versorgt hatte, kam und ihn ins Krankenhaus brachte.

Seit diesem Tag grübelte der Junge, wie er aus diesem Schlamassel herauskommen könnte. Sollte er eine anonyme Nachricht an seine Lehrerin schreiben, die dann die Polizei benachrichtigen würde? Oder konnte er sich mit einem Brief selbst an die Polizei wenden? Anonym natürlich. Würde man ihm überhaupt glauben? Schließlich hatte er angegeben, die ganze Nacht geschlafen zu haben. Nein, das ginge auch nicht. Jeder würde ihn für einen Lügner halten, der sich nur wichtigmachen wollte. Und der Angreifer wusste genau, wer er war, und würde sofort wissen, dass er geplaudert hatte, und noch einmal versuchen ihn zum Schweigen zu bringen.

***

Harm und Bruno Oltmanns lehnten am Greetsieler Hafen an einem gusseisernen Geländer und sahen schweigend auf ihren Kutter, der vor ihnen vor Anker lag.

»Wann wollte er hier sein?« Missmutig schob Bruno seinen Hemdsärmel hoch und sah auf die Uhr.

»Eigentlich vor zehn Minuten.«

Bruno fuhr mit den Daumen unter seine Hosenträger. »Ich habe mir gleich gedacht, dass das wieder ein Aufschneider ist. So einen Kutter bekommst du ja nicht für einen Appel und ein Ei.«

»Auf mich hat sein Interesse ganz seriös gewirkt«, brummte Harm. »Aber hinter die Stirn kannst du den Leuten eben nicht gucken.«

Eine Gruppe Touristen lief vorbei und unterhielt sich lautstark. Einige blieben vor den Kuttern im Hafen stehen und bewunderten die Schiffe.

»Das mit der Lebensversicherung war auch so eine Scheißidee. Wir hätten viel höhere Summen einsetzen sollen«, meckerte Harm und schob mit seiner Fußspitze einen Kieselstein über die Kaimauer, der sofort im Hafenbecken unterging.

Bruno schüttelte den Kopf. »Es war doch deine Idee, dass wir alle drei eine Versicherung abschließen für den Fall der Fälle und uns gegenseitig als Begünstigte einsetzen. Und die Prämien sollten uns ja nicht auffressen. Irgendwie habe ich das alles unterschätzt. Und Geld von der Versicherung haben wir auch noch keines gesehen.«

»Nur gut, dass der Kutter jetzt wegkann«, maulte Harm. »Heiko hat das ja bis jetzt immer erfolgreich verhindert.« Er blickte seinen Bruder vielsagend an. »Es reicht, wenn wir beide entscheiden, wo es langgeht, oder?«

Bruno zuckte mit den Schultern. »Vater hat immer alleine entscheiden müssen oder dürfen. Er hat es sicher nur gut gemeint, als er uns alle drei als Geschäftsführer eingesetzt hat.«

»Dabei hat er sicher nicht geahnt, dass Heiko so ein Bremsklotz ist«, führte Harm den Gedankengang seines Bruders weiter. »An allem hatte er was herumzumeckern. Du siehst ja, wohin das geführt hat.«

Bruno verschränkte die Arme. »Ich habe euch vor Jahren gesagt, dass wir mit den Holländern kooperieren sollen. Die haben Kohle, die Jungs.«

Harm wiegte seinen Kopf bedächtig hin und her. »Kannst du dir vorstellen, wie das werden soll? Wenn noch ein paar Leute sagen wollen, wo es langgeht? Wie lange haben wir gebraucht, bis wir Ida so weit hatten, dass sie sich nicht in alles einmischt?«

Bruno grinste. »Sie hat ja jetzt genug damit zu tun, ihren Jüngling zu kontrollieren, damit er nicht ausbüxt.«

Harm grinste. »Ja, das hält sie auf Trab.« Er sah sich um. »Weißt du was, der Typ kommt nicht mehr. Lass uns einen Lütten nehmen. Dabei kommen mir sicher die besten

Gedanken, wie wir unsere Firma wieder ins richtige Fahrwasser bringen.«

Bruno trottete hinter seinem Bruder her, der auf die Kneipe zusteuerte. Manches Mal verstand er Harm überhaupt nicht, weil der alles immer negativ sah. Auch die Ehe ihrer Schwester Ida stellte er immer als irrwitzige Angelegenheit dar und nutzte jede Chance, seine Häme öffentlich zu machen. Dabei vergaß er anscheinend, dass er selbst mit einer erheblich jüngeren Frau verheiratet war.

Was Bruno am allermeisten vermisste, war die fehlende Trauer, die Harm für den Tod seines Bruder Heiko an den Tag legte. Ja, Harm schien sogar erleichtert zu sein, dass ihr jüngster Bruder nicht mehr unter ihnen weilte. Der hässliche Gedanke, dass Harm eventuell mehr über die näheren Umstände des Todes von Heiko wusste, traf ihn plötzlich mit voller Wucht. Bruno versuchte, ihn so schnell wie möglich wegzuschieben, was ihm nur schwerlich gelang.

***

Das Schiff der Küstenreederei hatte die Drei-Meilen-Zone verlassen. Das brummige Motorengeräusch erstarb, und leicht, kaum wahrnehmbar, bewegte sich das Schiff auf der fast bewegungslosen Nordsee. Der Kapitän trat an die Reling und wandte sich den Trauergästen zu. Mit warmen, mitfühlenden Worten gedachte der Schiffsführer dem Verstorbenen und spendete den Hinterbliebenen Trost. Anschließend senkte er unter den Klängen der Schiffsglocke die Urne, welche an einem Tau hing, nach unten und setzte sie vorsichtig auf der Wasseroberfläche auf. Nacheinander traten Angehörige, Freunde und Angestellte der Firma an die Reling und warfen Blumen über Bord, die eine Weile auf der Wasseroberfläche schwammen und dann lautlos in die Tiefe sanken.

Mit leichtem Kopfnicken und gemurmelten Worten kondolierten die Anwesenden der Witwe Gesa Oltmanns, die mit versteinertem Gesicht die Beileidsbekundungen entgegennahm. Babette Evert stand mit geschlossenen Augen neben ihrer Nichte.

»Kommen Sie«, flüsterte Janneke, als sie bemerkte, dass die ältere Frau unbeholfen an der Reling Halt suchte. »Wir setzen uns hier auf die Bank. Da ist es windgeschützt.« Sie nahm Babettes Arm und führte diese zu der Sitzgelegenheit unterhalb des Führerhauses.

Das Schiff nahm wieder Kurs zur Küste. Die Trauergäste an Deck unterhielten sich mit gedämpfter Stimme.

»Jetzt ist es zum Glück vorbei«, seufzte Gesa. »Ich hatte irgendwie Bammel vor diesem Tag.« Sie setzte sich neben ihre Tante.

Babette nickte. »Ja, das ist ein endgültiger Abschied. Wir müssen spätestens jetzt die Verstorbenen loslassen.«

»Wenn das so einfach wäre.« Gesa nahm die Hand ihrer Tante.

»Wo ist denn Jasper?«, fragte Janneke Frau Oltmanns, als sie ihn nirgends erblickte.

»Er wollte nicht mit. Frau de Vries ist bei uns zu Hause und kümmert sich um ihn«, erklärte die Witwe. »Er hat sich mit Händen und Füßen gesträubt. Ich konnte ihn doch nicht zwingen, oder?« Zweifelnd sah Jaspers Mutter die junge Ostfriesin an.

»Nein, das konnten Sie nicht«, tröstete Janneke sie. »Vielleicht ist das zu viel für ihn.«

»Das glaube ich auch.« Gesa Oltmanns wischte sich ein paar Tränen aus dem Gesicht, bemüht, ihre Wimperntusche nicht zu verwischen. »Erst gestern war ich wieder bei unserem Kinderarzt. Ich mache mir große Sorgen, er spricht immer noch nicht.«

»Ach Kindchen«, tröstete die Rentnerin ihre Nichte. »Es wird sich sicher alles zum Guten wenden. Du wirst sehen.«

Mühselig lächelte Gesa. »Frau Hoogestraat, meine Schwägerin hat zu Hause eine Teetafel vorbereitet. Es wäre schön, wenn Sie uns begleiten könnten. Mir wäre es wohler, wenn Sie in der Nähe meiner Tante bleiben.«

Janneke nickte zustimmend.

In Norddeich gingen die Trauergäste wieder von Bord. Janneke war Frau Evert behilflich, in ihrem Citroën auf dem Beifahrersitz Platz zu nehmen. Ihre Nichte Gesa war zu Harm und seiner Frau in den Wagen gestiegen.

Ida Bölters Haus befand sich im Neubaugebiet von Greetsiel. Janneke staunte nicht schlecht, als sie das überdimensionale Haus sah, welches über eine geschwungene Treppe aus Marmor, die ins Hochparterre führte, und eine breite, bleiverglaste Haustür aus Mahagoniholz verfügte. Daneben ragten zwei terracottafarbene Säulen bis zum Dach empor, die besser zu einer italienischen Villa gepasst hätten.

»Ganz schön protzig, nicht?« Um Babettes Mund machte sich ein spöttischer Zug breit. »Die Frau übertreibt immer so schamlos. Wenn sie nicht das Vermögen ihres ersten Ehemannes geerbt hätte, würde sie sicher auch kleinere Brötchen backen.« Sie lachte. »Von wegen, sie hätte eine Teetafel vorbereitet. Dass ich nicht lache. Ihre Putzhilfe muss so was immer machen. Allenfalls den Tee wird sie eigenhändig zubereiten und das kann sie noch nicht mal. Der schmeckt jedes Mal wie Spülwasser.«

»Kommen Sie, Frau Evert, wir gehen rein«, meinte Janneke und war Babette beim Aussteigen behilflich. An der Haustür empfing sie ein junges Mädchen in einem schwarzen Kleid und einer weißen Spitzenschürze. »Moin, bitte treten Sie ein.« Ihr Lächeln wirkte unpersönlich.

»Was habe ich Ihnen gesagt«, raunte Babette. »Alles nur angeberisches Getue.« Der Eingangsbereich war so groß wie Jannekes gesamtes Erdgeschoss zu Hause. Ein Fenster mit Bleiverglasung ließ gedämpftes Licht herein. An der breiten Wand auf der rechten Seite hing ein großer Spiegel aus geschliffenem Glas mit einer goldenen Umrandung, der den Eingang optisch um ein Vielfaches vergrößerte.

Sie gelangten in einen großen Raum, in dem eine lange Tafel mit ostfriesischem Teegeschirr gedeckt war. Ida Bölter lief hektisch umher und platzierte die Gäste um den Tisch.

»Sie hat die Haare frisch gefärbt.« Babette hatte sich zu Janneke gebeugt. »Ich glaube, die sind noch schwärzer als sonst.«

»Wie kommen Sie darauf?« Die junge Ostfriesin streifte unter dem Tisch ihre Schuhe ab und hoffte, dass das Brennen unter ihren Fußsohlen nachlassen würde. Es war gar nicht so einfach gewesen, mit den High Heels auf ein Schiff zu steigen und anschließend ohne Beinbruch wieder herunterzukommen.

Babette zeigte unauffällig an ihre Stirn. »Sehen Sie? Ida hat noch ein wenig Farbe hier vorne. Ich denke mal, in einem Jahr hat sie eine Glatze, so dünn, wie die Haare sind.«

Janneke nickte lächelnd und sah sich um. Sie entdeckte am Ende der Tafel einige Leute, die, nach ihrer Kleidung zu urteilen, anscheinend direkt von der Arbeit gekommen waren.

»Frau Evert, sind das Angestellte der Firma Oltmanns?«

»Ja, warten Sie …« Sie rückte ihre Brille zurecht. »Ja, das sind Leute aus Heikos Firma. Das sind Onno, Franz und Joke. Und die junge Frau neben Joke heißt Mareike. Man hat schon mal gemunkelt, dass Harm mit ihr ein Verhältnis hat oder zumindest hatte. Ich persönlich kann mir das gar nicht vorstellen. Hilke, Harms Frau, ist doch auch noch jung und knackig.«

»Und wer ist die etwas ältere Frau neben Mareike?«

»Das ist Annemieke, die Sekretärin, eine Seele von Mensch. Gesa hat erzählt, dass sie Heiko immer unterstützt hat, so gut sie konnte.«

Das junge Mädchen im schwarzen Kleid servierte den Tee, brachte Platten mit Kuchen herein und kredenzte später den anwesenden Herren Sanddornschnaps. Die Damen nahmen mit Sanddornlikör vorlieb. Die Stimmung wurde ausgelassener. Man lachte und erzählte Anekdoten aus der Firmengeschichte.

»Wenn Sie los möchten, fahre ich Sie nach Hause«, bot Janneke der Rentnerin an.

»Im Moment geht es noch. Machen Sie sich keine Sorgen.«

»Sie sagen aber Bescheid.« Janneke angelte nach ihren Schuhen unter dem Tisch, stand auf und beugte sich zu Babette Evert hinunter. »Wissen Sie zufällig, wo hier im Haus die Toiletten sind?«

»Im Flur geht eine Treppe nach unten ins Souterrain, dort finden Sie das großzügige Klo, aber verlaufen Sie sich nicht. Die Örtlichkeiten würden einem Theater gerecht werden.«

Frau Evert hatte nicht übertrieben. Janneke betrat einen großen Vorraum, dessen Wände großzügig mit Spiegeln versehen waren. Von da gingen einige Türen ab. Die Damentoilette war mit einem kleinen vergoldeten Engel gekennzeichnet. Sie öffnete diese Tür und zuckte zurück. Bunte marokkanische Kacheln an Wänden und Decke gaben den sehr großzügigen Räumlichkeiten das Flair eines Dampfbades. Es duftete überall nach Zitrone und Lavendel.

Später sah sich Janneke in dem großen Flur um. Auf der rechten Seite befand sich eine Garderobe, die gut und gerne hundert Mäntel hätte beherbergen können. Jetzt hingen nur ein heller Wollmantel und ein paar Jacken dort. Kein Wunder, dachte sie, bei der warmen Junisonne hatte niemand das Bedürfnis verspürt, einen dicken Mantel zu tragen.

In einem Regal unterhalb der Garderobenhaken standen ein paar Hausschuhe aus Filz, die nach Jannekes Ansicht für Gäste dort bereitgestellt waren, um den sehr edlen Fußboden aus Marmor nicht zu beschädigen. Sie empfand alles in diesem Haus als zu groß, zu breit und irgendwie unpassend.

Am Ende des Flurs stand die Tür eines Raumes etwas offen, aus dem Musik drang. Sie hörte einen Oldie aus Amerika. Das Lied kannte sie nur zu gut, obwohl ihr zu der Sängerin kein passender Name einfiel. Neugierig schlich sie zur Tür und lugte hinein. Ein Mann um die vierzig mit kinnlangen Haaren beugte sich über ein Mischpult und bewegte rhythmisch seine Füße. Das muss der Ehemann der Hausherrin sein, vermutete

Janneke. Nur schwer konnte sie sich die perfekt gestylte Ida Bölter und diesen Musiker als Paar vorstellen. Sie wandte sich ab und stieg leise die Treppe wieder nach oben, wo der allgemeine Aufbruch schon begonnen hatte.

»Kommen Sie«, raunte ihr Frau Evert zu. »Wir verdünnisieren uns auch. Harm bringt Gesa nach Hause und ich muss auf mein Sofa. Meine Füße bringen mich noch um.«

»Das kann ich gut nachempfinden«, murmelte Janneke und geleitete Babette Evert zu ihrem Auto.

4. Kapitel

Mit einem liebevollen Lächeln beobachtete Linda Busboom ihre zwei Monate alte Tochter, die während des Stillens eingeschlafen war. Die junge Mutter konnte sich nicht sattsehen an dem kleinen Menschen, den sie geboren hatte.

Betrübt wanderten ihre Gedanken weiter. In der Nacht, als Heiko ermordet wurde, hatte Gesa bei ihr übernachtet, weil sie sich wegen ihrer fortgeschrittenen Schwangerschaft gefürchtet hatte. Denn immer, wenn Rolf aufgrund einer Fortbildung verreisen musste, fühlte sich Linda einsam und alleine gelassen. Die junge Mutter hatte seitdem ein schlechtes Gewissen, weil sie Gesa um diesen Gefallen gebeten hatte. Wäre ihre Schwester in dieser Nacht zu Hause bei ihrer Familie geblieben, wäre vielleicht alles anders gekommen.

Linda war froh, ein so inniges Verhältnis zu Gesa zu haben. Ihr konnte sie anvertrauen, dass es mit ihrer Ehe nicht zum Besten stand. Mientje war ein Kind der Versöhnung, aber sie wusste, dass auch die Geburt ihrer Tochter an dem zerrütteten Verhältnis zu Rolf nichts geändert hatte.

Sie stand auf und legte Mientje in den Stubenwagen aus Korb. Liebevoll zupfte sie die zartrosa Rüschen zurecht, die um den Rand des Babybettes drapiert waren. Mit sanften Bewegungen rollte sie das Körbchen hin und her.

Wie oft hatte ihr Rolf versprochen, sich nicht mehr für andere Frauen zu interessieren. Die ersten Jahre ihrer Ehe war Linda ohne Argwohn gewesen und hatte ihrem Mann die vielen Auswärtstermine geglaubt. Als Versicherungsmakler waren auch Termine an den Wochenenden nicht ungewöhnlich.

Erst nach dem Anruf eines betrogenen Ehemanns hatte sie realisiert, dass Rolf sie mehr als einmal angelogen hatte. Schon lange hatte sie den Code von Rolfs Handy und das Passwort zu seinem Mail-Account geknackt und las die heißen Liebesschwüre der Gespielinnen, während ihr untreuer Ehegatte unter der Dusche stand. Während seiner Abwesenheit durchsuchte Linda regelmäßig in seinem Arbeitszimmer die Unterlagen, die auf und im Schreibtisch lagen. In der Nacht von Heikos Tod war Rolf nicht wie angegeben auf dem Lehrgang in Hannover gewesen, das wusste sie definitiv. Glücklicherweise hatte er die schriftliche Absage zu diesem Workshop ordentlich abgeheftet.

Panisch durchsuchte sie seine Textnachrichten, ob er sich eventuell mit jemandem verabredet hatte, aber auch dort fand sie keinen Hinweis, wo Rolf in dieser Nacht gewesen war. Sie erinnerte sich an eine Mail von Heiko, aus der hervorging, dass sich Rolf von seinem Schwager siebentausend Euro geliehen hatte.

Lange grübelte sie darüber nach, für was Rolf das Geld benötigt hatte. Dass er ihr nichts davon erzählt hatte, überraschte sie nicht. Vielleicht hatte es Streit zwischen den beiden Männern wegen des Geldes gegeben?

Linda schloss die Vorhänge des Kinderzimmers und ging in die Küche. Sie stellte den Wasserkocher an und überbrühte einen Teebeutel mit Kamille. Ihr war kalt und in ihrem Mund sammelte sich etwas Magensäure. Ich muss wissen, was da los ist, grübelte sie. Mit Gesa konnte sie nicht über ihre Befürchtungen reden, denn dass Rolf etwas mit dem Tod ihres Schwagers zu tun hatte, lag im Bereich des Möglichen, zumal er Heiko eine größere Summe Geld schuldete. Niemand wusste, wo er sich in dieser Nacht aufgehalten hatte.

Linda trank einen Schluck Tee, der ihren Magen sofort beruhigte. Sie betete, dass sie niemals ihrer Tochter erklären musste, dass ihr Vater womöglich ein Mörder war.

***

Wohlig reckte sich Janneke in ihrem Bett in der Ferienwohnung und blinzelte in die Sonne, die direkt auf ihr Bett schien. Schon lange war sie nicht mehr so entspannt aufgewacht. Dabei war sie ja nicht zum Urlaub nach Greetsiel gekommen, sondern in der Absicht, ein Drehbuch zu schreiben.

Erschrocken sah sie auf die Uhr. Es war fast halb zehn. Mit einem Schwung warf sie die Bettdecke zurück und sprang aus dem Bett. Sie hatte nie vorgehabt, so lange zu schlafen, aber sie hatte gestern Abend noch lange über den Mühlenmord nachgedacht. Warum brachte jemand einen Mitinhaber einer Küsten-Räucherei um? Babette Evert hatte angedeutet, dass die Firma zwar einigermaßen lief, aber über keine großen Vermögenswerte verfügte.

Sie hörte Herrn Wehmanns Stimme unten aus dem Laden. Wahrscheinlich bediente er schon seit geraumer Zeit die Kunden, die das eine oder andere Souvenir mit nach Hause nehmen wollten.

Janneke gönnte sich eine ausführliche Dusche. Während sie sich die Haare föhnte, dachte sie an den sprachlosen Jungen. Der Tod des Vaters musste ihm doch sehr zugesetzt haben. Nach ihrer Erfahrung gingen Kinder anders mit dem Tod um als Erwachsene. Sie hoffte, dass nach einiger Zeit, wenn auch seine Mutter die Trauer etwas überwunden hatte, seine Sprache zurückkehren würde.

Auf ein Frühstück verzichtete sie, schlüpfte in ihre Schuhe und nahm ihre geräumige Handtasche. Sie vermisste Onkel Hinrichs Pfannkuchen zum Frühstück.

Vorsichtig stieg sie die schmale Holztreppe nach unten und sah sich um. Der Laden war bis auf zwei Männer im Nebenraum, die ihr den Rücken zuwandten, leer. Der eine war der Ladeninhaber und der andere Mann, groß und stämmig, kam Janneke irgendwie bekannt vor.

»Moin, Frau Hoogestraat.« Holger Wehmann hatte sich umgedreht. »Ausgeschlafen?« Er grinste und kam näher. »Der ist von der Polizei«, flüsterte er und wies mit einer leichten Kopfbewegung zu dem anderen Mann, der jetzt langsam an den Regalen vorbeiging und sich alles genau betrachtete. »Ich musste noch mal alles erzählen, was an diesem Morgen geschehen ist. Sie wissen ja schon …« Er zeigte auf die Mühle.

»Ja, die Ermittler haben immer die Hoffnung, dass sich die Zeugen nach einiger Zeit an das eine oder andere Detail erinnern«, meinte Janneke und wusste plötzlich, wer der fremde Mann war.

»Kommissar Steenhuis?«

Ruckartig drehte sich der Mann um und kam auf sie zu. »Frau Hoogestraat? Das freut mich aber.« Er reichte ihr seine große, kräftige Hand. »Machen Sie hier Urlaub? Ein schönes Fleckchen Erde.«

Nur mit Mühe konnte sich Janneke aus seinem festen Händedruck entfernen. »Im Grunde genommen bin ich zum Arbeiten hier. Ich hoffe, dass ich dazu hier mehr Ruhe habe als zu Hause. Und Sie? Ich nehme an, es handelt sich um Ermittlungen zum Mühlenmord?«

Die Ladentür öffnete sich und vier Kunden traten ein. »Kommen Sie.« Steenhuis griff nach ihrem Arm. »Wir suchen uns ein ruhiges Plätzchen. Mir ist nach Tee und Frühstück.«

»Das trifft sich gut. Genau das fehlt mir auch«, meinte Janneke und folgte ihm zu *Schoofs Mühlencafé* in der roten Mühle am Ortseingang.

»Das ist ja eine Überraschung, dass ich Sie hier treffe«, freute sich Steenhuis und nahm gegenüber Janneke an einem Tisch am Fenster Platz. Sie bestellten sich Ostfriesentee und belegte Brötchen.

»Ja, das ist ein Zufall«, bestätigte sie. »Ich war zwar schon oft in Greetsiel, aber nie länger als einen Tag.«

Die Bedienung brachte das Frühstück, zündete das Teelicht im Stövchen an und stellte die bauchige Teekanne darauf. »Der muss noch fünf Minuten ziehen«, teilte sie ihren Gästen noch mit und entfernte sich.

»Wie Sie schon richtig vermutet haben, ermittle ich im Mordfall Heiko Oltmanns.« Der Kommissar nahm sich ein Schinkenbrötchen und legte es auf seinen Teller.

»Ich habe davon gehört, als ich hier ankam. Herr Wehmann hat mir ein paar Einzelheiten erzählt. Vor ein paar Tagen habe ich die Tante der Witwe kennengelernt.« Herzhaft biss Janneke in ein Käsebrötchen.

»Dann wissen Sie ja über die ganze Sache im Wesentlichen Bescheid, oder?«

»Nur, was in der Zeitung über den Greetsieler Mühlenmord stand. Viele Details hat die Polizei ja nicht veröffentlicht. Ich weiß nur das, was die Leute hier erzählen. Sie wissen ja, wie das ist, jeder fügt noch etwas zu den Geschehnissen dazu.«

Steenhuis lachte. »Da haben Sie recht.« Sein Gesicht wurde ernst. »Im Grunde genommen sind wir noch keinen Schritt weitergekommen.« Bedauernd schüttelte er den Kopf.

»Was ist denn genau passiert?«, fragte die junge Ostfriesin nach. »Noch Tee?« Sie hob die Kanne hoch.

Steenhuis nahm sich ein Kluntje und ließ ihn in seine Teetasse fallen. »Gerne.«

»Es wäre schön, wenn Sie mir ein paar Einzelheiten erzählen könnten«, meinte Janneke. »Sie wissen ja, solche Sachen interessieren mich gewaltig.«

»Ja, ich erinnere mich an unsere letzte Begegnung. Da wollten Sie alles wissen und haben uns auch schließlich den entscheidenden Tipp gegeben.« Er grinste breit. »Nun gut.« Er wurde wieder ernst. »Heiko Oltmanns war neben seinen beiden Brüdern Mitinhaber der Küsten-Räucherei Oltmanns.«

Janneke nickte. »Ja, das weiß ich.«

»Gut«, sagte Steenhuis. »In der Nacht vom fünften auf den sechsten April wurde er direkt bei der grünen Mühle mit einem zwölf Zentimeter langen Dolch erstochen, wobei die Verletzung nur deshalb sofort tödlich war, weil das Opfer sehr schlank war und die Klinge somit tief in den Körper eindringen konnte.«

»Woher wissen Sie so genau, dass es ein Dolch war und kein Messer?«

»Ein Dolch ist eine mehrschneidige Stichwaffe. Dies und auch die Stichlänge haben wir bei der Obduktion ermittelt.«

»Und die Tatwaffe? Hat man sie gefunden?«

Steenhuis schüttelte den Kopf. »Der Täter hat sie mitgenommen und sicherlich endgültig entsorgt.«

Enttäuscht faltete Janneke ihre Serviette zusammen. »Es gibt auch keine Fingerabdrücke, habe ich recht?«

»Ja, wir haben nichts dergleichen gefunden, aber etwas anderes.«

Jannekes Gesicht erhellte sich. »Und was?«

»Ein kleines Stück Leder mit einer Niete darauf. Das Labor hat festgestellt, dass die Ränder ganz frisch ausgerissen sind. Es muss also vom Täter stammen, der ein entsprechendes Kleidungsstück, Jacke oder Hose, getragen hat und an einem Nagel hängen geblieben ist.«

»Sie meinen, der Täter hat eine Lederjacke oder -hose mit Nieten getragen? Davon stand nichts in der Zeitung.«

»Diese Information haben wir mit Absicht zurückgehalten«, erklärte der Kommissar. »Wir wollten vermeiden, dass sich alle Leute melden, die jemanden mit einer Nietenlederjacke kennen.«

»Von diesen Kleidungsstücken gibt es bestimmt viele«, vermutete Janneke.

»Das, was wir suchen, hat ein kleines Loch. Wenn wir dieses Teil finden, werden wir uns ausführlich mit dem Besitzer dieses Kleidungsstücks unterhalten.«

Janneke trank den letzten Schluck Tee und stellte ihre Tasse ab. Nachdenklich betrachtete sie das Kornblumenmuster auf der Tischdecke. »Der Junge, ich meine den Sohn des Ermordeten, spricht seit diesem Tag kein Wort mehr. Haben Sie sich mit dem Jungen verständigt? Soviel ich weiß, war er in jener Nacht mit seinem Vater alleine im Haus. Die Mutter hat bei ihrer Schwester übernachtet.«

Steenhuis nickte. »Ja, es hat sich schwierig gestaltet, denn wir konnten nur Fragen stellen, die der Junge mit Ja oder Nein beantworten konnte. Wir hatten zwar zuerst versucht, uns schriftlich mit dem Jungen zu verständigen, aber seine Antworten waren einsilbig, ganz schlecht zu entziffern und überhaupt nicht aussagekräftig. Deshalb sind wir dazu übergegangen, ihm die Fragen so zu stellen, dass er sie mit einem Nicken oder Kopfschütteln beantworten konnte.

Er hat angegeben, dass er in dieser Nacht fest geschlafen hat. Am Morgen bemerkte er, dass sein Vater nicht da war. Nach seinen Angaben hat er sich wieder ins Bett gelegt, wo ihn die Nachbarin gefunden hat. Die hat dann auch die Mutter verständigt.«

»Es muss einen zwingenden Grund gegeben haben, der den Vater veranlasste, das Haus zu verlassen«, überlegte Janneke. »Gesa Oltmanns hat mir erzählt, dass ihr Mann auch in Bezug auf seinen Sohn sehr verlässlich war.«

»Ja, viele Dinge sind noch ungeklärt.« Steenhuis winkte der Bedienung. »Ich lade Sie ein. Einverstanden?«

Janneke nickte zustimmend.

Die Bedienung kam, rechnete ab und wünschte noch einen schönen Tag.

»Kommen Sie«, sagte Steenhuis und stand auf. »Wir können ja noch ein paar Schritte gehen.«

Sie verließen das Café und schlenderten Richtung Hafen.

»Warum ist er mitten in der Nacht zur Mühle gelaufen?«, nahm der Kommissar den Faden wieder auf. »Ich glaube nicht, dass er nur frische Luft schnappen wollte und das Opfer einer Zufallstat geworden ist.«

Janneke versuchte, mit Steenhuis Schritt zu halten. Abrupt blieb sie stehen. »Er war mit seinem Mörder dort verabredet. Mitten in der Nacht. Vielleicht hat der Mörder auf diese Uhrzeit bestanden, um absolut sicher zu sein, dass ihn niemand in der Dunkelheit beobachtet.« Janneke klemmte sich ihre Tasche unter den Arm. »Aber solange wir nicht wissen, warum er getötet wurde, werden wir auch nicht wissen, wo wir den Täter zu suchen haben.«

»Genauso ist es.« Steenhuis hob bedauernd die Hände. »Das Motiv ist der Schlüssel und das müssen wir finden.«

5. Kapitel

Missmutig starrte Ida Bölter in den Spiegel ihrer Frisierkommode und betrachtete mit gerunzelter Stirn die großporige Haut ihres Gesichts. Egal, was sie auch unternahm, das Alter forderte eben seinen Tribut.

Wehmütig dachte sie an den Sommer vor acht Jahren auf Mallorca, in dem sie sich so jung und lebensfroh gefühlt hatte und jeden Abend mit ihrer Freundin Irene auf Tour gewesen war.

»Versauern können wir auch zu Hause«, verkündete Irene gebetsmühlenartig und überredete sie regelmäßig, das spanische Nachtleben zu genießen.

In einem angesagten Nachtclub war sie Matze begegnet. Seine weichen Bewegungen, sein Gitarrenspiel, all das hatte sie sofort verzaubert. Der zwanzig Jahre jüngere Musiker hatte zuerst mit ihr geflirtet und sie später zum Essen eingeladen.

»Er ist doch so viel jünger als ich«, hatte sie gezweifelt. »Das kann doch nie gut gehen.«

»Es dauert, solange es dauert. Basta.« Irene hatte da so ihre Prinzipien. Ihre Freundin hatte recht, überlegte Ida, man sollte das Leben genießen, wo man konnte.

Ida ließ ihre Gefühle zu, obwohl sie sich durchaus im Klaren darüber war, dass der mittellose Mann wohl mehr an ihrem sozialen Status interessiert war.

Ihr erster Mann hatte ihr eine Menge Geld hinterlassen, welches ihr ein sorgenloses Leben bescherte. In der Firma war sie Mitinhaberin. Aber da ihre drei Brüder das Tagesgeschäft fest im Griff hatten, fühlte sie sich nicht ausgefüllt und verbrachte ihre Zeit mit allerlei unnützen Dingen.

Behutsam massierte Ida etwas Creme in ihr Gesicht. In einer Stunde kamen ihre Freundinnen zum wöchentlichen Teeklottje. Dieses regelmäßige Nachmittagstreffen war geprägt von Klatsch und Tratsch. Das hatte so etwas Provinzielles, fand Ida und langweilte sich zunehmend mehr.

Es waren immer die gleichen Themen, die gleichen Geschichten und der gleiche ewige Ärger.

Lustlos öffnete sie ihren Kleiderschrank und ließ ein paar Kleidungsstücke durch ihre Hand gleiten. Die teuersten Designerkleider hingen wohlgeordnet, nach Farben sortiert nebeneinander. Ida trug jedes Kleid nur ein paarmal, dann wanderte es in die Altkleidersammlung.

Die Hochzeit mit Matze war, im Nachhinein betrachtet, ein Fehler gewesen. Wie hatte sie nur annehmen können, in ihm einen Lebenskameraden zu finden? Stattdessen benahm er sich wie der Sohn des Hauses. Kam und ging, wann es ihm passte, empfing seinen monatlichen Obolus und sprach nur das Nötigste mit ihr. Meistens tourte ihr Ehemann durch die Nachtclubs von Ostfriesland und betätigte sich als Diskjockey.

Auch rein äußerlich passte er nicht zu ihrer Erscheinung. Sie elegant und perfekt gekleidet, er leger und ungepflegt in Jeans und Baumwollhemd.

Entschlossen griff Ida zu einem hellblauen Leinenkleid, welches sie bisher nur einmal getragen hatte. Prüfend betrachtete sie sich im Spiegel. Sie war immer noch so schlank wie bei ihrer ersten Hochzeit. Auch ihre Beine konnten sich sehen lassen. Aber was nützte es ihr? Ida fühlte sich leer und unausgeglichen.

Dazu kam der Unmut, den ihr ihre Brüder bescherten. Tatenlos hatte sie bisher zusehen müssen, wie die drei engstirnigen Kerle, anstatt zusammenzuarbeiten, sich gegenseitig anlogen und keinen gemeinsamen Nenner finden konnten. Ida fühlte sich ihrem Vater verpflichtet, der mühevoll und mit viel Entbehrungen die Küsten-Räucherei aufgebaut hatte. Besonders ärgerlich war sie in der Vergangenheit über das Verhalten ihres Bruders Heiko gewesen, der immer und überall gegen seine Brüder und gegen sie gestimmt hatte. Ob es um den notwendigen Verkauf des Kutters ging oder die Zusammenarbeit mit einer Firma im niederländischen Amsterdam, Heiko hatte regelmäßig sein Veto eingelegt.

Jetzt war er tot. Auch wenn sie nicht eigenhändig tätig geworden war, befürchtete sie insgeheim aber, dass einer ihrer Brüder ihre Andeutungen, Hinweise und Unkenrufe zum Anlass genommen hatte, diese Dummheit zu begehen und den Tod von Heiko herbeizuführen.

Ida puderte ihre Nase, benetzte ihre tiefschwarzen Haare mit Haarspray und ging nach unten, wo bereits ihre Freundinnen auf sie warteten.

6. Kapitel

Sein Vorrat an Schokoladeneiern war aufgebraucht, sodass er gezwungen war, sich Nachschub im Lebensmittelgeschäft zu besorgen. Jasper aß eigentlich nicht so gerne Schokolade und hatte auch nie einen Cent seines Taschengeldes für diese Süßigkeit ausgegeben, aber er hielt es jetzt für sinnvoll, immer etwas davon vorrätig zu haben.

Nachts, wenn er in seinem Bett oder am Fenster saß, verspeiste er nach und nach die Schokolade und hoffte, dass diese Leckereien seine Nerven irgendwie beruhigen würden. Er hatte in der Apothekenzeitschrift von Frau de Vries gelesen, dass Schokolade glücklich machen würde. Vielleicht ließen ja auch die Darmkrämpfe nach, die ihn seit jener Nacht plagten.

Jasper wusste, dass er eine Lösung finden musste, um endlich wieder Ruhe zu finden. Vielleicht konnte er einfach von zu Hause ausreißen? Der Angreifer könnte ihm nichts mehr anhaben und seine Mutter wäre in Sicherheit. Nein, verwarf er diesen Gedanken wieder, das konnte er seiner Mutter nicht antun.

Eben war er kurz davor gewesen, seiner Mutter zu sagen, wer der nächtliche Besucher war. Sie würde sicher Mittel und Wege finden, zu verhindern, dass ihm etwas geschah. Er war in die Küche gegangen und hatte sich hinter seine Mutter gestellt. Aber seine Stimme hatte wie immer versagt.

»Was ist denn, Jasper?« Liebevoll strich sie über seinen Arm. »Möchtest du mir etwas sagen?«

Er öffnete den Mund und sah seine Mutter an. Nein, das war auch keine Lösung. Wenn der Angreifer erfuhr, dass seine Mutter Mitwisserin war, war sie ebenfalls in Gefahr.

So viel hatte Jasper nämlich kapiert. Auch wenn er oder jemand anderes mit dem Finger auf diese Person zeigen und sagen würde, dass er es war, der seinen Vater erstochen hatte, war das immer noch kein Beweis.

Niemand hatte in der Nacht etwas gesehen, niemand hatte von der Tat etwas mitbekommen und niemand würde ihm jetzt noch glauben, wenn er berichten würde, was er erlebt hatte.

Seine Mutter strich ihm über den Kopf. »Ich denke, dass du bald wieder reden kannst. Ich weiß, dass es schlimm ist, dass Papa nicht mehr lebt, aber wir müssen jetzt alleine zurechtkommen.« Er sah in ihre feuchten Augen und schlang seine Arme um die Hüften seiner Mutter.

»Geh noch ein wenig nach oben und male«, empfahl sie ihrem Sohn. »Ich rufe dich dann, wenn das Essen fertig ist.«

Der Junge nickte und ging in sein Zimmer. Er setzte sich vor seinen Schreibtisch und starrte auf die Fotos, die sein Vater für ihn dort mit Klebestreifen angebracht hatte. Ein aktuelles Klassenfoto hing neben einem Bild seiner Eltern, die gut gelaunt in die Kamera lächelten. Er konnte sich noch genau an diesen Tag erinnern. Die ganze Familie hatte einen Ausflug nach Norddeich gemacht und die Seehundstation besucht.

Sein Blick wanderte zu einem Foto, welches anlässlich eines runden Firmenjubiläums aufgenommen worden war. Einige Angestellte der Küsten-Räucherei, viele Freunde und seine komplette Familie mit Onkel und Tanten hatten sich vor der Tür des Firmengebäudes versammelt und lächelnd dem eigens zu diesem Anlass engagierten Fotografen die Zähne gezeigt.

Mit einer heftigen Bewegung riss Jasper das Foto von der Wand, denn er konnte es nicht länger ertragen, dass der Angreifer, der einträchtig inmitten der Jubiläumsgäste stand, ihm breit lachend entgegenstarrte.

***

Ratlos schüttelte der Kinderarzt den Kopf. »Organisch ist Jasper vollkommen gesund. Ich kann beim besten Willen nichts feststellen.« Bedauernd sah Doktor Schütte Gesa an. »Ich denke, es ist nun wirklich Zeit, einen Psychologen aufzusuchen. Ihre Zurückhaltung in dieser Hinsicht kann ich ja gut verstehen, aber immerhin sind schon drei Monate vergangen, in denen er kein Wort gesprochen hat. Es ist wirklich besser, wenn ich Sie jetzt zu einem Kollegen nach Emden überweise.«

Zögernd nahm Jaspers Mutter das Überweisungsformular entgegen. »Vielen Dank. Ich werde mir das noch mal überlegen.«

Jasper saß im Wartezimmer und sprang auf, als er seine Mutter erblickte. Auf der Straße blieb Gesa stehen und sah ihren Sohn an. »Wir müssen eventuell zu einem Spezialisten nach Emden. Der kann herausbekommen, warum du nicht sprichst.«

Jasper hob abwehrend die Hände.

»Willst du denn nicht, dass das aufhört? Du kannst dich mit niemandem unterhalten, niemals deine Wünsche äußern.«

Heftig schüttelte der Junge mit dem Kopf.

»Lass uns erst mal nach Hause gehen, dann sehen wir weiter.«

Der Junge nickte und trottete neben seiner Mutter her.

»Moin Frau Oltmanns.« Käthe de Vries stand am Gartentor ihres Hauses und lächelte die Witwe an. »Es sieht so aus, als könnten Sie einen ordentlichen Tee vertragen.«

»Moin Frau de Vries.« Gesa verlangsamte ihre Schritte. »Im Moment läuft nichts rund.« Sie sah ihrem Sohn nach, der weitergelaufen war. »Eine Tasse Tee würde mir wirklich guttun.« Dankbar sah sie ihre Nachbarin an. »Jasper?«, rief sie dem Jungen hinterher. »Geh schon ins Haus. Ich bleibe einen Moment bei Frau de Vries.«

Jasper hatte sich umgedreht und nickte seiner Mutter zu. Mit schnellen Schritten lief er in sein Elternhaus.

»Kommen Sie«, bat die Nachbarin. »Wir machen es uns jetzt mal gemütlich.«

Gesa folgte der Frau in die Küche, nahm auf dem Ostfriesensofa Platz und sah Käthe de Vries zu, wie diese mit routinierten Handbewegungen den Tee zubereitete.

»Spricht er immer noch nicht?«, wollte sie von Jaspers Mutter wissen, als die beiden Frauen vor ihren gefüllten Teetassen saßen.

»Nein, immer noch nicht. Doktor Schütte meint, ich sollte mit ihm zu einem Spezialisten nach Emden gehen.«

»Das wird vielleicht das Beste sein.« Die Rentnerin lehnte sich zurück. »Wenn ich noch daran denke, wie Jasper mich angesehen hat, als ich an diesem Morgen in sein Zimmer kam. Ich habe ihn fortwährend aufgefordert, mir zu sagen, was passiert ist. Es hat schon eine Weile gedauert, bis ich bemerkt habe, dass er nichts sagen konnte.«

»Was würde wohl sein Vater zu all dem sagen?« Sorgenvoll runzelte Jaspers Mutter ihre Stirn.

»Ich glaube, der Tod des Vaters hat ihn sprachlos werden lassen«, vermutete Käthe de Vries.

»Wenn ich ehrlich bin, war bei uns nicht alles so in Ordnung, wie man das gerne hätte«, seufzte Gesa. »Ich denke, Jasper hat davon eine Menge mitbekommen.«

»Wollen Sie darüber reden?«

Nervös zuppelte Gesa an ihrem Blusensaum. »Heiko war seit ein paar Wochen so komisch … so in sich gekehrt. Mehrmals habe ich ihn gefragt, ob es Ärger in der Firma gab. Wissen Sie, was er jedes Mal geantwortet hat? Nichts, er hat einfach nur geschwiegen. Ich bin dann wütend geworden und wir haben heftig gestritten. Sogar von Scheidung habe ich hin und wieder gesprochen.«

»War das so schlimm?« Frau de Vries legte ihre Hand auf die Gesas.

Diese nickte. »Irgendwas hatte Heiko bedrückt, das habe ich genau gespürt. Früher hatte er sich oft hingesetzt und seine alten Platten angehört. Danach wirkte er immer sehr entspannt und mit sich und der Welt zufrieden. Aber das ist schon lange her. In letzter Zeit war er oft so geistesabwesend und hat Löcher in die Luft gestarrt. Ich habe ihm genau angesehen, dass er über etwas grübelte.«

»Wahrscheinlich gab es in der Firma Unstimmigkeiten oder er hatte Streit mit seinen Brüdern?«

Gesa schüttelte den Kopf. »Nein, bei Bruno und Harm habe ich nachgefragt, aber die haben verneint. Heftig diskutiert hätten sie, aber nicht gestritten. Sogar Ida habe ich angerufen. Sie konnte mir auch nicht weiterhelfen. Sie hat gesagt, dass sie schon seit längerer Zeit nicht mit Heiko gesprochen habe.«

Die Nachbarin rang um die passenden Worte. »Nach dem, was passiert ist, ich meine mit Ihrem Mann, da muss ja irgendetwas nicht in Ordnung gewesen sein. Denn sonst hätte man ihn ja nicht …«

»Ich weiß, was Sie meinen. Ich zermartere mir schon die ganze Zeit den Kopf, was Heiko derart beschäftigt haben könnte und was ihn dazu veranlasst hatte, sich vor seiner Familie zu verschließen.«

»Wie hat sich das denn geäußert?«

»Wenn wir zu Hause waren, hat er nicht viel gesprochen, eigentlich nur, wenn wir uns gestritten haben. Fast jeden Abend und an den Wochenenden hat er lange Fahrradtouren unternommen. Ein paarmal ist er auch über Nacht weggeblieben. Er hat gesagt, dass er bei einem Freund übernachtet hätte, weil er etwas getrunken hatte. Wer das ist und wo dieser Freund wohnt, weiß ich bis heute nicht. Ich habe das zuerst als Zeichen gesehen, dass Heiko auf der Suche nach Ruhe ist und über etwas nachdenken will. Später habe ich ihn mit Argwohn beobachtet.«

»Sie haben auch keine Ahnung, was er in dieser Zeit gemacht hat oder wo er sich aufgehalten hat?« Neben einem gewissen Maß an Neugier hatte Frau de Vries doch großes Mitleid mit ihrer jungen Nachbarin.

»Nein. Sein Handy war ausgeschaltet, er war für mich nicht zu erreichen und niemand wusste, wo er war. Es war jedes Mal so, als wäre er vom Erdboden verschluckt worden und irgendwo abgetaucht.« Sie schlang die Hände ineinander. »Ich werde wohl niemals erfahren, welches Geheimnis meinen Mann gequält und ihn schließlich ins Grab gebracht hat.«

7. Kapitel

In eine Mauernische gequetscht, stand Janneke am Tor der Firma Oltmanns und wartete auf Kommissar Steenhuis. Dieser hatte bei ihrem gestrigen Treffen nebenbei erwähnt, dass er heute um diese Zeit mit den Brüdern des Getöteten verabredet sei, um weitere Nachforschungen anzustellen.

Das war das Signal für Janneke, sich da einzuklinken. Ihr konnte ja nichts Besseres passieren, als dass direkt vor ihren Augen ein Mordfall aufgeklärt wurde und sie sich ohne große Mühe die Fakten zu eigen machen und nach einer literarischen Bearbeitung und Verfremdung direkt in ihr Drehbuch einfließen lassen konnte.

Jetzt stand sie wartend in der Vormittagssonne, ihre Tasche vor die Brust gepresst. Kurz darauf hielt Steenhuis mit seinem Dienstwagen direkt vor dem Tor. Janneke beobachtete, wie sich der große, stämmige Mann gelenkig aus dem Auto schälte und auf das Tor zueilte.

»Frau Hoogestraat«, stutzte er und blieb stehen. »Was machen Sie denn hier?«

»Na ja«, stammelte sie etwas verlegen und trat aus der Nische hervor. »Eigentlich können Sie sich das ja denken.«

»Neugier! Stimmt's?«

»Berufliches Interesse hört sich doch besser an.«

Er schmunzelte. »Kreativ sind Sie ja.« Er wurde ernst. »Aber im Ernst, ich darf Sie da nicht mit reinnehmen. Das ist eine offizielle Befragung und da kann ich keine Privatperson im Schlepptau haben. Wenn meine Vorgesetzten davon Wind bekommen, gibt es Ärger.«

»Ich will Sie ja nicht in Schwierigkeiten bringen.« Sie blieb vor ihm stehen und sah ihn an.

Steenhuis rollte mit den Augen. »Sie sind aber echt hartnäckig.« Er griff in die Brusttasche seiner Jacke und zog ein Notizbuch hervor. »Okay, wir machen das so. Wir gehen da zusammen jetzt rein. Ich unterhalte mich mit den Herren

Oltmanns und Sie versuchen, etwas über die Firma und deren Chefs von der Sekretärin zu erfahren. Ihnen wird schon das Passende einfallen, wie Sie an Informationen kommen.«

»Wissen Sie, wie die Sekretärin heißt?«

»Ja, einen Moment … Frau …« Er blätterte mehrmals in seinem Buch vor und zurück. »Ach ja, hier … Eine Frau Künzel, Annemieke Künzel. Wir treffen uns anschließend an meinem Auto. Einverstanden?«

»Mehr wollte ich doch gar nicht«, lachte die junge Ostfriesin und stöckelte auf die breite Eingangstür zu.

***

Steenhuis war ihr in angemessenem Abstand gefolgt. Kurz vor dem Vorzimmer des Chefbüros ließ sie ihn vorbeigehen und wartete einige Minuten, bis sie ebenfalls an die Tür klopfte.

»Herein?«, bat eine Frauenstimme freundlich.

Janneke betrat das Sekretariat. »Moin. Entschuldigen Sie die Störung. Sind Sie Frau Künzel?«

»Ja?« Erstaunt hob die Angesprochene ihre Augenbrauen. »Kann ich etwas für Sie tun?«

Janneke trat näher. »Es ist so. Die Mutter meiner Freundin hat hier in der Firma mal gearbeitet. Und da ich jetzt auf der Suche nach einer Stelle bin, hat sie mir Ihren Namen genannt.«

»Da müssen Sie schon ins Personalbüro gehen.«

»Ja, das will ich ja auch, aber bevor ich etwas unterschreibe, möchte ich gerne in Erfahrung bringen, wie hier in der Firma das Betriebsklima ist.« Guter Einfall, lobte sich Janneke selbst und blieb vor dem Schreibtisch stehen.

Frau Künzel wirkte irritiert. »Wie, sagen Sie, hieß die Mutter Ihrer Freundin?«

»Insa Gronevold«, log Janneke.

»Kenne ich nicht«, entgegnete Frau Künzel erwartungsgemäß. »Aber das will nichts heißen. Wir haben schließlich über hundertzwanzig Mitarbeiter. Die kenne ich natürlich nicht alle. Aber bitte, setzen Sie sich doch«, bat die Endfünfzigerin.

Sie schien sich über die willkommene Unterbrechung zu freuen. »Wie kann ich Ihnen helfen?«

Janneke nahm auf dem Besucherstuhl Platz und strich ihren Rock glatt. »Vielleicht muss ich noch vorausschicken, dass ich nicht in einer Umgebung von Zank und Streit arbeiten kann. Ich werde dann richtig schwermütig, so zieht mich das dann runter. Eine gewisse Harmonie ist deshalb schon wichtig.«

Frau Künzel winkte ab. »Da können Sie ganz unbesorgt sein. Unsere Mitarbeiter sind schon jahrelang in der Firma. Und das wären sie ja nicht, wenn es hier viel Unruhe gäbe. Ich selbst bin seit über fünfundzwanzig Jahren hier beschäftigt.«

»Das ist schön zu hören.« Janneke überlegte kurz. Sie beugte sich ein wenig vor und senkte ihre Stimme. »Und der Chef? Man sagt ja immer, der Fisch stinkt vom Kopf her. Wie ist der denn so?« Sie zeigte auf die Tür, hinter der sie das Chefbüro vermutete. »Wenn Ihr Chef jetzt herauskommt und sieht uns beide hier quatschen, wird er sicher schimpfen.«

Die Vorzimmerdame schüttelte den Kopf und sprach jetzt ebenfalls leise. »Erstens ist er gerade in einer Besprechung und zweitens lässt er die Besucher immer durch die andere Tür direkt in den Flur gehen. Die kommen gar nicht mehr bei mir vorbei.«

»Aber Ihr Chef kann doch dann jeden Moment hier reinkommen?«

»Es sind ja eigentlich drei … nein, zwei Chefs, und niemals setzt einer von ihnen einen Fuß hier ins Vorzimmer. Die rufen mich immer durch die Gegensprechanlage an, wenn sie etwas wissen oder mir Anweisungen geben wollen.«

»Wie viele Chefs haben Sie denn jetzt wirklich?« Janneke war nicht entgangen, dass sich die Sekretärin korrigiert hatte.

Sie winkte ab. »Ein Drama ist das mit der Familie Oltmanns. Wir sind alle ganz verstört. Wie heißen Sie eigentlich?« Frau Künzel betrachtete skeptisch ihre Besucherin. Ihr Blick wanderte von den High Heels zur Handtasche und zu dem weiten Rock ihres Gegenübers.

»Ach, entschuldigen Sie bitte. Ich heiße Hoogestraat, Janneke Hoogestraat.« Sie lächelte Frau Künzel an.

»Haben Sie Verwandtschaft in Emden? Ich kannte mal einen Reemt Hoogestraat.«

»Nein, der gehört nicht zu unserer Familie«, gab Janneke Auskunft und überlegte fieberhaft, wie sie das Gespräch wieder auf die Chefs der Firma Oltmanns lenken konnte. »Ich habe gelesen, dass es diese Firma schon lange gibt.«

»Ja, stimmt. Der Seniorchef, Jasper Oltmanns, hat die Firma von seinem Vater übernommen und später seinen vier Kindern vermacht. Die drei Söhne haben sich um das Geschäft gekümmert und die Tochter hat damals einen reichen Pinkel geheiratet, der ist aber schon lange tot.«

»Und die drei Söhne?«

»Ja, das ist das Drama, was ich vorhin andeutete. Heiko Oltmanns ist tot.« Sie flüsterte jetzt. »Man hat ihn erstochen, direkt an der grünen Mühle.«

»Ach du lieber Himmel. Das ist ja schrecklich.«

»Das können Sie laut sagen. Keiner weiß, was genau passiert ist. Aber wenn Sie mich fragen …« Sie stand auf, öffnete die Tür zum Flur, lauschte einen Moment und schloss sie wieder. »Ich will ja nicht, dass jemand mithört, was wir hier bereden.« Sie setzte sich wieder und rückte ihren Stuhl näher an ihre Besucherin heran. »Die beiden anderen Brüder Harm und Bruno sind nicht ohne«, wisperte sie. »Harm hatte lange ein Verhältnis mit Mareike, so eine große Blonde aus der Buchhaltung, und Bruno hat gegen den Willen seiner Brüder mit irgendwelchen Geldgebern aus Amsterdam verhandelt. Und beide zusammen haben versucht, hinter dem Rücken von Heiko Oltmanns den Kutter des Seniorchefs zu verkaufen.«

»Ganz schön deftig«, beurteilte Janneke die Sachlage. »Die sind sich ja überhaupt nicht einig, was hier geschehen soll.«

»Von Mareike weiß ich auch, dass Harm verschuldet ist, weil er sich als großer Spekulant aufgeführt hat. Von der Börse versteht er doch nix. Jedenfalls hat er wohl einen Haufen Schulden gemacht. Sie können sich vorstellen, was das für einen Krach gegeben hat, als Heiko dahintergekommen ist. Ob sich Harm an der Firmenkasse vergriffen hat, weiß ich allerdings nicht.«

»Und wie sieht es finanziell mit der Firma aus?«

Frau Künzel antwortete nicht direkt. Sie presste ihre Lippen zusammen und atmete ein paarmal tief ein und aus. »Ich habe den Verdacht, dass wir bald pleite sind«, stöhnte sie. »Arbeit haben wir genug, aber so richtig hat ja niemand Einblick ins Eingemachte. Ich habe mal mitbekommen, als Harm bei einer Besprechung geschrien hat, dass sie aufpassen müssten, sonst würden sie alle noch ins Gefängnis wandern.« Sie nickte mehrmals. »Ja, genau, das habe ich gehört. Es ging um irgendeinen Kredit. Der Seniorchef würde sich im Grabe herumdrehen, wenn er das wüsste.«

»Das hört sich an wie in einer der Seifenopern, die im Fernsehen laufen. Jeder hintergeht jeden, keiner ist ehrlich.«

»Das haben Sie gut beschrieben, aber das Betriebsklima ist wirklich gut, denn diese Ungereimtheiten bleiben hier in der Verwaltung. Die Belegschaft hat keine Ahnung. Und ich halte meinen Mund. Bis zu meiner Rente habe ich nur noch ein paar Jahre und die möchte ich, wenn es irgendwie geht, hier in Ruhe absitzen.«

»Das kann ich gut verstehen«, meinte Janneke. »Eine Frage hätte ich noch, ich bin von Natur aus sehr neugierig. Wie …«

Aus der Gegensprechanlage tönte eine Männerstimme. »Frau Künzel?«

Die Sekretärin drückte auf den Knopf. »Ja, Herr Oltmanns?«

»Sehen Sie doch noch mal nach, wo genau ich und Bruno am fünften und sechsten April dieses Jahres waren.« Die Stimme klang blechern und verzerrt.

»Einen Moment bitte.«

Eilig bearbeitete Annemieke Künzel die Tastatur ihres Computers und rief den Terminplan ihrer Chefs auf. »Ja, hier ist es«, murmelte sie und beugte sich wieder über die Gegensprechanlage. »Hören Sie bitte? Sie waren an diesem Abend in Emden beim Kaufmannsmahl der Unternehmer und haben dann im Hotel Frisia in Emden übernachtet. Am nächsten Tag hatten Sie um elf Uhr einen Termin bei Ihrem Steuerberater.«

»Und mein Bruder?«

»Moment.« Hektisch fuhr Frau Künzel mit der Maus über den Bildschirm und klickte dann auf eine Datei. »Ihr Bruder war am Abend des fünften April bei einem Treffen mit der Fischergilde im Friesenkrug und war am nächsten Tag ebenfalls bei dem Termin mit dem Steuerberater anwesend.«

Nach einem kurzen »Danke« schaltete sich die Anlage ab.

»Das Ding gibt sicher auch bald den Geist auf«, schimpfte Frau Künzel und klopfte mit der flachen Hand auf die Gegensprechanlage. »Dauernd bleiben die Tasten hängen und man versteht kaum noch etwas.«

»Ist da die Polizei drin?«, flüsterte Janneke und machte eine leichte Kopfbewegung zum Chefbüro.

»Ich glaube ja. Die waren schon ein paarmal da, wegen Heiko. Das Datum, nach dem der Chef eben gefragt hat, ist der Tag beziehungsweise die Nacht, in der Herr Oltmanns erstochen wurde.« Sie schüttelte den Kopf. »Es ist echt ein Drama. Aber Sie haben eben gesagt, Sie hätten noch eine Frage?«

»Ja, stimmt, aber das ist reine Neugier. Die Schwester Ihrer Chefs hält sich aus dem Tagesgeschäft doch raus. Kommt sie manchmal ins Büro?«

»Ja, hin und wieder. Manchmal gibt es dann Streit. Die Türen sind ja nicht so dick, als dass man nichts mitbekommen würde. Aber die meiste Zeit kümmert sie sich um ihre äußere Erscheinung. Friseur und Kosmetik und so ein Kram.«

»Wenn sie Zeit dazu hat und das nötige Kleingeld, ist ja nichts gegen zu sagen«, urteilte Janneke.

Annemieke Künzel rümpfte die Nase. »Geld und Zeit hat sie wirklich und dann noch einen sehr jungen Ehemann.« Sie lachte kurz auf. »Das ganze Dorf hat sich das Maul zerrissen, als sie mit dem Typen ankam. Der liegt ihr doch auf der Tasche.«

»Der Ehemann ist jünger?«

»Mindestens zwanzig Jahre. Er sieht eher aus wie ihr Sohn.« Die Sekretärin kicherte. »So ein ganz Schmalbrüstiger. Die Haare hat er bis zum Kinn. Man könnte ihn fast für ein Mädchen halten.«

»Und ist er nicht berufstätig? Weil Sie gesagt haben, er liegt seiner Frau auf der Tasche.«

»Er arbeitet hin und wieder in Diskotheken. Soviel ich gehört habe, ist er dort für die Musik zuständig. Aber fragen Sie mich nicht. Ich kenne mich da überhaupt nicht aus.«

Janneke hörte draußen auf dem Flur eine Tür zuschlagen. Sie stand auf und reichte der Sekretärin die Hand. »Ich habe ja erfahren, was ich wissen wollte. Vielen Dank für Ihre Hilfsbereitschaft.«

»Da nicht für«, entgegnete Frau Künzel, geleitete ihre Besucherin zur Tür und ließ sie in den Flur treten. Nach einem kurzen Nicken schloss sie ihre Bürotür wieder.

Zufrieden steuerte Janneke dem Ausgang zu. Als sie das Gebäude verließ, erblickte sie Steenhuis, der gelassen an seinem Auto lehnte und auf sie wartete.

***

Eine Stunde später saßen Janneke und Steenhuis in Poppingas alter Bäckerei am Greetsieler Hafen und tranken Tee. Sie hatte dem Kommissar bereits berichtet, was Frau Künzel so von sich gegeben hatte. »Die scheinen in der Firma arge finanzielle Schwierigkeiten zu haben.«

»Stimmt, laut Bankauskunft schwimmt die Firma in den roten Zahlen.« Steenhuis rutschte unruhig auf seinem Stuhl hin und her. »Sie dürfen niemandem erzählen, dass ich Ihnen interne Ermittlungsdetails preisgebe. Wir haben einen neuen Chef und der ist ein ganz scharfer Hund.«

»Um Gottes willen«, beeilte sich Janneke zu versichern. »Meine Lippen sind versiegelt. Aber alleine ein wenig rumschnüffeln darf ich schon, oder?«

»Klar, das können Sie. Offiziell weiß ich ja nichts davon, aber ich gebe Ihnen mal meine Karte. Wenn Sie etwas erfahren, was wichtig ist, wäre ich für einen Anruf dankbar.«

Erfreut zückte auch Janneke ihre Visitenkarte und schob sie zu Steenhuis über den Tisch. »Für alle Fälle.«

Mit einem Lächeln steckte der Kommissar die Karte weg.

8. Kapitel

Auf keinen Fall würde Jasper zulassen, dass ihn seine Mutter zu einem anderen Arzt nach Emden bringen würde. Er saß alleine in seinem Zimmer und zeichnete an einem seiner Comics. Seine Mutter hockte in der Küche der Nachbarin und tratschte sicherlich über seinen Vater, über seine Stimme, die weg war, und über das ganze Elend, das im Moment bei ihm zu Hause herrschte.

Nachts lag seine Mutter im Bett und weinte. Ein paarmal hatte er sich vor ihre Schlafzimmertür gestellt, es aber nicht gewagt, das Zimmer zu betreten. Was hätte er auch tun können? Er war schließlich das Kind und hatte keine Ahnung, wie das alles weitergehen sollte.

Nein, einen anderen Arzt wollte er nicht. Eigentlich war alles gut so, wie es im Moment war. Am besten wäre es, wenn er nie wieder ein Wort reden könnte, denn dann war er sich sicher, dass er niemals etwas verraten würde und ihm oder seiner Mutter würde nichts geschehen.

Manchmal aber war er sich seiner Sache gar nicht mehr so sicher. Wenn er an die Aktion mit dem weißen Auto dachte, mit dem der Angreifer ihn bedrängt hatte, ahnte er, dass ihn sein Schweigen auch nicht weiterbringen würde.

Jasper konzentrierte sich auf seine Zeichnungen, bis ihn seine Mutter zum Abendessen rief.

In der Nacht saß er wieder am Fenster und starrte auf den menschenleeren Hafen hinaus. Vielleicht konnte er den Angreifer zum Schweigen bringen? In der Küche unten befanden sich jede Menge Messer. Nein, das war sicherlich nicht möglich. Wie hätte er das tun sollen?

Ein älterer Mann lief mit seinem Hund an seinem Fenster vorbei. Er bückte sich und streichelte den Hund, der lahm und lustlos neben ihm hertrottete.

Tante Babette! Ja, er könnte sich Tante Babette anvertrauen. Sie war älter und sicher furchtlos. Wenn er ihr alles aufschreiben würde, würde sie einen Ausweg finden. Ob sie ihm glauben würde? Es könnte ja auch sein, dass sie das alles als ein Hirngespinst abtun würde. Sie würde ihm auf jeden Fall zuhören. Ja, er nahm sich vor, morgen nach der Schule alles aufzuschreiben und dann Tante Babette aufzusuchen. Mit diesem Gedanken schlief der Junge schließlich ein.

***

Er sah den weißen Geländewagen am nächsten Vormittag vor dem Schulgebäude stehen, als er in der vierten Schulstunde aus dem Fenster seines Klassenzimmers blickte. Da er direkt am Fenster saß, hatte Jasper den Platz vor der Schule, auf dem die Schüler ihre Fahrräder abstellten, im Blick.

Sofort fing sein Magen an zu rebellieren. Er hob die Hand und machte eine Bewegung, aus der die Lehrerin entnehmen konnte, dass er zur Toilette musste.

»Beeil dich, Jasper, und trödele nicht wieder so lange rum.«

Blitzschnell lief der Junge aus dem Klassenraum zur Toilette, wo er sich erbrach. Mit den Papierhandtüchern aus dem demolierten Handtuchspender im Toilettenvorraum wusch er sich anschließend das Gesicht.

Wieso lauerte der Angreifer ihm auf? Er war doch still und unauffällig gewesen. Vielleicht hatte er sich auch geirrt und es war ein ganz anderer Wagen? Jasper ging auf den Schulflur und öffnete ein Fenster, welches ebenfalls zur Vorderseite des Gebäudes herausging. Der weiße Wagen parkte direkt vor der verwaisten Hausmeisterwohnung, die sich in einem flachen Seitengebäude befand. Da der Hausmeister vor ein paar Wochen verstorben war, brauchte der Fahrer keinen Verweis wegen falschen Parkens zu befürchten.

Jasper blinzelte in die Sonne und versuchte zu erkennen, wer im Auto saß. Der Geländewagen war der gleiche, der ihn bedrängt hatte. Er erkannte die kleine amerikanische Flagge am Seitenspiegel. Der Innenraum jedoch lag im Dunklen.

Er musste es sein, denn wieso sollte ein anderer Mensch in diesem Auto direkt vor seiner Schule stehen? Jasper hielt es für besser, erst einmal in seine Klasse zurückzukehren. Dort konnte er überlegen, was er jetzt tun sollte.

»Was ist denn mit dir?«, flüsterte Tammo, der direkt neben ihm saß.

Jasper zeigte auf seinen Magen und verzog das Gesicht.

»Dann geh doch nach Hause«, empfahl sein Sitznachbar.

Jasper schüttelte heftig den Kopf.

Dem Unterricht konnte der Junge nicht mehr aufmerksam folgen. Hin und wieder warf er einen unauffälligen Blick aus dem Fenster. Was hatte der Angreifer vor? Wollte er ihm nur Angst machen? Das war ihm gelungen. Jaspers Hände waren schweißnass, als die Schulglocke ertönte.

»Gehst du noch mit eine Runde kicken?«, fragte ihn Tammo, während Jasper schon seinen Rucksack hochgenommen hatte. Der schüttelte den Kopf und rannte nach draußen.

Nach vorne konnte Jasper nicht raus, denn dann würde der Insasse des weißen Geländewagens ihn sehen. Also hatte er auch keine Möglichkeit, an sein Fahrrad zu kommen, welches direkt vor dem Eingang abgestellt war. Blieb nur die hintere Tür. Überstürzt rannte Jasper nach draußen. Er wollte nur noch nach Hause … nein, besser doch nicht. Denn genau das würde der Angreifer vermuten und ihm sicherlich folgen.

Besser wäre es, wenn er zu Tante Babette lief, denn dort würde ihn niemand vermuten. Jasper rannte die Mühlenstraße entlang und bog in den Klaus-Störtebeker- Weg ein. Sein Schuh, er war offen, die Schnürsenkel flatterten hin und her. Jasper stolperte, fiel zu Boden und blieb einen Moment regungslos liegen. Als er die Augen wieder öffnete, sah er zwei lila Schuhe, die hinten einen riesigen spitzen Absatz hatten. Jemand beugte sich über ihn. »Jasper?«

Er öffnete den Mund. Ein Krächzen war alles, was er hervorbrachte.

***

»Jetzt trink erst mal.« Babette Evert stellte eine Tasse dampfenden Kakao vor Jasper hin. »Gut, dass Sie ihn gefunden haben, Frau Hoogestraat.«

Janneke saß ebenfalls am Küchentisch und strich dem Kind beruhigend über den Arm. »Das war nur Zufall, weil ich auf dem Weg zu Ihnen war. Jasper ist mir direkt in die Arme gelaufen.«

Mit gierigen Schlucken trank der Zehnjährige die Tasse leer. Er schob sie ein wenig von sich, legte sich auf das Sofa und schlief augenblicklich ein.

»Kakao hat schon immer getröstet, wenn die Welt nicht in Ordnung war«, schmunzelte die Rentnerin. »Ich werde kurz Gesa Bescheid sagen, dass ihr Sohn hier ist. Sie soll sich nicht unnötig Sorgen machen.«

»Ja, das ist gut«, bestätigte Janneke und betrachtete den schlafenden Jungen, der mit entspanntem Gesicht dalag.

»So, jetzt weiß seine Mutter Bescheid. Ich mach uns erst mal einen Tee.« Babette hantierte mit routinierten Bewegungen und schon nach kurzer Zeit standen Tassen, Teekanne und Kluntje auf dem Tisch.

»Das ist aber nett, dass Sie mich besuchen.« Schwerfällig ließ sich die alte Frau auf dem Stuhl nieder. »Im Moment ist alles nicht so, wie es sein soll.«

»Ja, das sind keine schönen Zeiten für Ihre Familie.«

»Gestern war meine andere Nichte hier. Linda lebt mit ihrem Mann und ihrer kleinen Tochter in Pewsum. Sie ist ganz durcheinander. Das alte Lied. Rolf hat wohl wieder was am Laufen.«

»Was heißt das denn?«

»Er ist dem anderen Geschlecht nicht ganz abgeneigt, wenn Sie wissen, was ich meine.« Sie machte eine vielsagende Geste. »Gestern hat mir Linda gestanden, dass sie innigst gehofft hatte, dass sich durch die Geburt von Mientje alles zum Guten ändern würde. Aber Pustekuchen.«

»Das tut mir aber leid.« Janneke konnte sich vorstellen, dass diese junge Mutter ziemlich unglücklich war.

»Rolf ist ein Idiot. So eine nette, fürsorgliche Frau findet er nie wieder«, schimpfte Babette weiter. »Wahrscheinlich merkt er es erst, wenn alles zu spät ist.« Babette schob eine Haarsträhne aus ihrem Gesicht. »Sie hat auch herausbekommen, dass Rolf Heiko Geld schuldete. Linda fragt sich jetzt, wo ihr Ehemann das hernehmen soll, um seine Schulden zu bezahlen.«

»Er müsste es ja jetzt Gesa zurückgeben«, überlegte Janneke. »Wenn sie überhaupt davon weiß.«

»Jetzt, wo Sie das sagen.« Erschrocken schlug Babette die Hand auf ihren Mund. »Meinen Sie«, flüsterte sie mit einem Blick auf den schlafenden Jungen, »dass er es war, der Heiko … Das kann doch nicht sein, oder doch?«

Janneke zuckte mit den Schultern. »Bis jetzt weiß niemand genau, was in dieser Nacht geschehen ist.«

»Das ist auch so was, was Linda Bauchschmerzen bereitet. Sie war so froh, dass Gesa bei ihr übernachtet hat, macht sich aber jetzt Vorwürfe, weil genau in der Nacht das mit Heiko passiert ist. Und Linda weiß noch nicht mal genau, wo sich ihr Mann in dieser Nacht aufgehalten hat.«

»Hat sie ihn denn gefragt?«

Frau Evert nickte. »Der Idiot hat ihr dreist ins Gesicht gelogen. Sie hat ihm natürlich nicht geglaubt, denn dass er nicht wie angegeben auf der Fortbildungsveranstaltung war, weiß sie genau.«

»Das tut mir sehr leid. Ihre Nichten haben es beide zurzeit nicht leicht«, sagte Janneke.

»Der ganze Kram bringt mich noch ins Grab«, unkte Babette und beobachtete Jasper, der langsam wach wurde.

»Hey Jasper, ausgeschlafen?« Janneke lächelte den Jungen an, der sich aufsetzte und verschlafen seine Augen rieb. »Wieso bist du denn vorhin so gerannt?«

Er zuckte nur mit den Schultern.

»Hattest du Ärger in der Schule?«, fragte sie weiter.

Heftig schüttelte er den Kopf.

Babette öffnete die Schublade ihres Küchenschranks und nahm einen Block und Kugelschreiber raus. »Hier, Jasper, jetzt kannst du uns aufschreiben, was wir für dich tun können.« Sie schob den Block samt Kuli zu ihm herüber.

Dankbar nickte der Junge und schrieb etwas auf. Dann schob er Babette den Block rüber.

»Kann ich was zu trinken haben?«, las Frau Evert laut vor. »Aber natürlich.« Eilig füllte sie ein Glas mit Apfelsaft und reichte es dem Sohn ihrer Nichte.

Jasper trank das Glas in einem Zug leer. Er nahm wieder den Stift und schrieb etwas auf den Block. Dann sah er Janneke an.

»Was hast du denn geschrieben?« Sie nahm den Block an sich. Wo wohnst du denn?, stand in ungelenkiger Kinderschrift auf dem Zettel.

»In der Alten Müllerei bei Herrn Wehmann. Ich bin Schriftstellerin und arbeite hier an einem Drehbuch.«

Jasper nahm wieder den Block an sich.

»Was ist ein Drehbuch?«, las Janneke laut und schmunzelte. »Das ist eine Geschichte, aus der ein Film gemacht werden soll. Da ich Kriminalromane schreibe, wird das eine Vorlage zu einem Kriminalfilm.«

Jasper nickte und schrieb eifrig wieder etwas auf. Hast du Kinder, las Janneke und lächelte. »Nein, ich habe keine Kinder, ich bin auch nicht verheiratet.«

Bist du mutig?, schrieb Jasper weiter. Janneke stutzte. »Eine seltsame Frage«, meinte sie und wusste im ersten Moment nicht, was sie antworten sollte. »Ich weiß nicht, ob ich mutig bin. Ich glaube aber, dass ich so mutig bin, jemand anderen um Hilfe zu bitten.«

Jasper verzog das Gesicht.

»Hast du denn Ärger mit einem deiner Freunde?«, fragte sie, aber Jasper sah auf seine Hände, die auf seinem Schoß lagen.

»Ich denke, dass Jasper mit seiner Mutter immer reden kann«, schaltete sich jetzt Babette ein. »Es gibt nichts, worüber man nicht reden kann.«

Das Klingeln an der Haustür unterbrach das Gespräch. Babette lief zum Eingang und öffnete die Tür.

»Wie geht es meinem Kind?« Gesa stürzte an ihrer Tante vorbei in die Küche. »Mein Gott, Jasper, was ist denn nur los?« Sie nahm ihren Sohn in die Arme.

»Jetzt setz dich erst mal, Gesa«, ordnete Babette an und schob ihre Nichte auf den nächsten Stuhl.

»Ich freue mich, Sie hier zu treffen«, begrüßte Jaspers Mutter die junge Ostfriesin. »Kommen Sie mich doch wieder mal besuchen, wenn Sie Zeit haben. Ich bin froh, wenn ich mit jemandem außerhalb der Familie mal reden kann. Nichts für ungut, Tante Babette.«

»Gerne mache ich das«, versprach Janneke. »Aber ich werde mich jetzt verabschieden. Die Arbeit macht sich nicht von alleine. Und …« Ihr Handy klingelte. »Entschuldigen Sie bitte, aber ich muss mal eben drangehen.« Sie lief in den Flur und nahm das Gespräch an. »Hoogestraat.«

»Hier Steenhuis. Ich weiß, ich sollte das nicht tun, aber ich möchte Sie darüber informieren, dass es einen weiteren Todesfall gegeben hat.«

***

Seit fast zwanzig Jahren arbeitete Brigitte Volkers als Mädchen für alles im Hause von Ida Bölter. Sie konnte sich noch gut an die Zeit erinnern, als ihre Chefin noch Brüggemann hieß und die Ehefrau des wohlhabenden Reeders aus Emden war.

Wie jeden Morgen betrat die Haushälterin gegen acht Uhr das Haus, brachte ihren Mantel und ihre Tasche in die kleine Kammer neben der Küche und bereitete das Frühstück für Frau Bölter vor. Früher, als der Chef noch lebte, hatte das Ehepaar jeden Morgen gemeinsam im Esszimmer an dem antiken Esstisch gesessen und die erste Mahlzeit des Tages eingenommen.

Jetzt saß Ida Bölter alleine an dem riesigen Tisch und las während ihres kargen Frühstücks die Emder Zeitung. Ihr Mann, der ungehobelte Musiker, blieb meist bis Mittag im Bett liegen und beschäftigte sich ansonsten anschließend mit seiner Gitarre. Kein Wunder, dachte Brigitte, wenn man bis in den frühen Morgen in den Diskotheken herumhing, anstatt morgens aufzustehen und einer anständigen Arbeit nachzugehen.

»Für meinen Mann brauchen Sie kein Frühstück vorzubereiten, Frau Volkers, für ihn tut es auch das Mittagessen.« Mit versteinerter Miene hatte Frau Bölter diese Anweisung hinterlassen.

Die Haushälterin stellte das Radio an und lauschte der Musik von Radio Ostfriesland. Entspannt bereitete sie das Müsli mit frisch geriebenen Äpfeln für die Hausherrin zu, toastete eine Scheibe Brot und drapierte auf einem Holzbrett zwei Scheiben gekochten Schinken.

Die Zeiger der Küchenuhr gingen auf halb neun zu und von der Chefin war keine Spur zu sehen. Seltsam war das schon, denn Frau Bölter hasste Unpünktlichkeit zutiefst und lebte mit einem inneren Uhrwerk, welches auf die Minute genau funktionierte.

Brigitte goss den frisch aufgebrühten Tee in eine Wärmekanne und durchstreifte die Räume im Erdgeschoss. Alles sah ganz normal aus in den mit wertvollem Inventar ausgestatteten Wohnräumen. Etwas irritiert stieg sie in das Kellergeschoss, wo sich die Toiletten, die Garderobe und das Studio von Matze Bölter befanden, der fast ausschließlich hier unten übernachtete und sich nur selten in den anderen Räumen des Hauses aufhielt. Sie öffnete die Tür zu einer kleinen Terrasse, auf der ein Strandkorb stand. Da sich Frau Bölter auch hier nicht aufhielt, entschloss sich die Haushälterin, im ersten Stock nachzusehen, wo sich das Schlafzimmer, das Ankleidezimmer und das Bad der Chefin befanden. Das zweite Schlafzimmer auf diesem Stockwerk stand seit dem Tod von Heinrich Brüggemann leer.

Leise betrat Brigitte das Ankleidezimmer und lugte durch die halb offen stehende Tür ins Schlafzimmer von Frau Bölter. Das Bett war unberührt, die Vorhänge nicht zugezogen. Nichts deutete darauf hin, dass sich die Hausherrin hier letzte Nacht aufgehalten hatte.

»Das hätte sie mir auch sagen können, dass sie woanders übernachtet«, schimpfte Frau Volkers laut und ging wieder in die Küche. »Dann hätte es auch gereicht, wenn ich um neun Uhr hier gewesen wäre. So'n Schiet aber auch.«

Sie setzte sich an den Küchentisch, goss sich eine Tasse Tee ein und verspeiste das inzwischen erkaltete Toastbrot mit dem Schinken.

Nach dem Frühstück beschloss Frau Volkers, da sie nun schon mal da war, die Speisekammer aufzuräumen. Sie stülpte sich die Haushalthandschuhe über, nahm ein paar Mülltüten und entsorgte konsequent alle Lebensmittel, die das Haltbarkeitsdatum überschritten hatten. Dies tat sie auf ausdrückliche Anordnung der Chefin, die nichts im Haushalt haben wollte, was schon älteren Datums war.

Einmal hatte Brigitte versucht, die aussortierten Sachen mit nach Hause zu nehmen, war aber an der sich aufregenden Hausherrin gescheitert. Diese war der Ansicht, dass die Sachen ihr gehörten und gefälligst auch hier in den Abfall wandern sollten.

Da Brigitte keine Ahnung hatte, wann die Chefin hier wieder auftauchen würde, hielt sie sich lieber an die Anordnung und trug den gefüllten Beutel durch die Hintertür in die angrenzende Garage. Mit dem Ellenbogen drückte sie die Tür auf und ließ die Tüten vor Schreck fallen.

Frau Bölter saß in ihrem Cabriolet, den Kopf nach hinten geneigt. Ihr Mund stand weit offen. Es sah aus, als würde sie schlafen, wobei die bleiche Gesichtsfarbe Brigitte sofort vermuten ließ, dass ihre Chefin tot war. Sie trat langsam näher, legte ihr Ohr an den Mund ihrer Chefin und vernahm nichts. Eilig zog sie ihr Handy aus der Hosentasche und wählte den

Notruf. Der Notarzt stellte vierzehn Minuten später den Tod von Ida Bölter fest.

***

»Danke, dass Sie mich angerufen haben.« Janneke legte ihr Besteck ab und sah Klaas Steenhuis an. »Im Grunde genommen hatte ich das nicht erwartet. Sie hatten ja Ihren neuen Chef erwähnt, der sehr streng ist.«

»Da sehen Sie mal, wie inkonsequent ich sein kann.« Der Kommissar schob das letzte Stückchen der Bratkartoffel in den Mund und wischte sich mit der Serviette über die Lippen. »Wissen Sie, mir imponiert, wie Sie sich in eine Sache reinhängen, wie Sie nachfragen und kombinieren.«

»Das braucht Ihnen nicht zu imponieren«, lachte Janneke, »das ist schlicht und einfach Neugier. Ich liebe Krimis, ich schreibe Krimis und deshalb ist das gar nicht verwunderlich.«

»Wenn Sie das sagen«, schmunzelte Steenhuis und griff in seine Brusttasche, denn sein Telefon hatte unauffällig und leise geklingelt. »Das wird mein Kollege sein. Er wollte mir das Obduktionsergebnis sofort mitteilen.« Er hielt das Telefon ans Ohr. »Steenhuis.«

Janneke beobachtete während des Anrufs das Gesicht ihres Gegenübers. Eigentlich ein netter Mann mit wunderschönen blauen Augen. Sie seufzte, er war sicher wieder so einer, der ganz in seinem Beruf aufging und für Privates wenig Zeit hatte.

»So, das war mein Kollege.« Er drückte auf die rote Taste und steckte das Telefon wieder ein. »Wie schon gesagt, liegt kein Fremdverschulden vor. Frau Bölter hat eine enorme Menge Schlaftabletten eingenommen und sich dann in ihr Auto gesetzt.« Er hatte sich etwas nach vorne gebeugt und senkte seine Stimme. »Sie hoffte sicherlich, dass man sie in der Garage nicht so schnell finden würde.«

»Das kann man gar nicht verstehen, dass diese Frau freiwillig ihr Leben hergibt«, wunderte sich Janneke. »Sie hatte doch alles. Geld, ein tolles Haus und viel Zeit für all die schönen Dinge des Lebens.«

»Ja«, nickte Steenhuis. »An den schönen Dingen des Lebens war sie sehr interessiert. Die Gute war bis zu den Haarspitzen mit Kokain vollgefüllt.«

Erstaunt sah Janneke den Kommissar an. »Sie war kokainsüchtig?«

»Ja, und das schon seit langer Zeit. Sie muss es regelmäßig eingenommen haben.«

»Theoretisch wäre es möglich, dass sie die Schlaftabletten nicht freiwillig eingenommen hat.« Janneke runzelte die Stirn. »Immerhin ist es doch bemerkenswert, dass innerhalb kürzester Zeit zwei der vier Geschwister und Firmeneigner der Küsten-Räucherei Oltmanns aus dem Leben scheiden.«

Steenhuis nickte. »Merkwürdig ist das schon. Wir haben das ganze Haus der Verstorbenen gründlich untersucht, aber nichts Ungewöhnliches gefunden.«

»Was ist mit Herrn Bölter? Hat er von der Kokainsucht seiner Frau gewusst?«

»Angeblich nein, aber ich fresse einen Besen, wenn er nicht selbst Kokain schnupft. Gefunden haben wir allerdings nichts.«

Janneke schüttelte mit dem Kopf. »Nur weil jemand die Haare etwas länger trägt und nicht so edel gekleidet ist, muss er ja nicht süchtig sein.«

»Das stimmt natürlich, aber der Verdacht liegt verdammt nahe, da er sich in der Nachtszene bewegt.« Der Kommissar sah auf die Uhr. »Aber eine Sucht an sich ist ja nicht strafbar.«

»Müssen Sie los?«

Steenhuis nickte. »Ich muss wieder ins Büro.« Er stand auf und streckte Janneke die Hand hin. »Ich hoffe auf Ihren Anruf, wenn Sie auf etwas gestoßen sind.«

Janneke versprach dies. Die Rechnung übernahm der Kommissar und beide trennten sich vor der Tür des Restaurants.

Eine Weile stand Janneke noch an der Hafenmauer gelehnt und sah aufs Wasser. Eine äußerst merkwürdige Geschichte, überlegte sie. Ob die beiden Todesfälle zusammenhingen? Wenn nein, wäre das ein unglaublicher Zufall. Ihre Gedanken wanderten wieder zu Jasper. Der plötzliche Tod des Vaters war unbestritten ein Trauma für den Jungen gewesen und sicherlich auch die Ursache für seine Sprachstörung.

Aber jetzt blieb ihr keine Zeit mehr zum Grübeln, ihre Arbeit wartete auf sie und ein Drehbuch schrieb sich nun mal nicht von alleine.

***

Jannekes Vorsatz, endlich mit ihrer Arbeit fortzufahren, hielt nur bis zum nächsten Morgen an. Sie setzte sich nach dem Frühstück in ihren Citroën und fuhr nach Emden. Sie parkte am Delft und lief zu Fuß zum Hotel Frisia in der Fußgängerzone der Seehafenstadt. Einen genauen Plan hatte sie nicht, aber sie verließ sich wie immer in solchen Fällen auf ihre Kreativität und Überredungskunst.

Hinter dem Rezeptionstresen stand eine junge Frau, die Janneke freundlich anlächelte. »Moin, wie kann ich Ihnen helfen?«

»Moin, meine Bitte wird eventuell etwas ungewöhnlich klingen, aber ich bin auf Rechercheresie für mein nächstes Buch.«

»Sie sind Schriftstellerin?« Die Augen der Hotelangestellten blitzten auf. »Ich habe noch nie eine Schriftstellerin getroffen. Was schreiben Sie denn so?«

»Vorwiegend Kriminalromane«, gab Janneke bereitwillig Auskunft und freute sich, so viel Interesse geweckt zu haben.

»Vielleicht habe ich schon mal was von Ihnen gelesen? Wie heißen Sie denn?«

»Janneke Hoogestraat.«

Die junge Frau überlegte, schüttelte dann aber den Kopf. »Ist mir jetzt nicht so geläufig.«

»Unter diesem Namen veröffentliche ich nichts. Ich benutze ein männliches Pseudonym, darf das aber nicht verraten. So steht es in meinem Vertrag mit meinem Verleger.«

»Das ist ja spannend.« Bewundernd sah die Angestellte Janneke an. »Und jetzt sind Sie sozusagen inkognito hier?«

»Genauso ist es«, bestätigte diese. »Ich möchte ein Kapitel schreiben, das in einem Hotel spielt, kenne aber den genauen Ablauf nicht. Da es sich um eine Mordszene handelt, wären genaue Kenntnisse schon wichtig.«

Jetzt strahlte die Hotelangestellte. »Schießen Sie mal los. Was wollen Sie wissen?«

»Also ich weiß, dass die Gäste ihre Zimmer meist vorab reservieren und bei der Ankunft ihre Schlüssel erhalten. Ist das immer noch so, dass man einen Meldeschein ausfüllen muss?«

»Wir machen das für die Gäste, die dann nur noch zu unterschreiben brauchen.«

»Ah ja, das ist mir so weit klar.« Blitzschnell überlegte Janneke, wie sie es am besten anstellen musste, um das zu erfahren, was sie wollte. »Und wenn die Gäste abreisen, bezahlen sie hier bei Ihnen ihre Rechnung? Meistens sicher mit Kreditkarte?«

»So in etwa läuft das ab.«

»Und alle Daten, alle Dinge, die der Gast zum Beispiel aus der Minibar verzehrt hat, das steht alles in Ihrem Computer?«

»Das Programm erstellt automatisch die Rechnung mit allen Details.«

»Ich frage deshalb so genau nach, weil der Mörder in meinem Buch vortäuscht, im Hotel übernachtet zu haben, obwohl das gar nicht stimmt.«

Die Angestellte dachte kurz nach. »Da gäbe es noch eine andere Option. Wenn ein Gast nach zweiundzwanzig Uhr einchecken will, gibt es noch die Möglichkeit, dass er das Zimmer per Mail bestellt, alle Anmeldedaten hinterlegt und die Rechnung mit Kreditkarte vorab bezahlt. Für das Zimmer bekommt er einen Code zugesandt und kann zu jeder Zeit sein Zimmer ab dem gebuchten Zeitpunkt in Besitz nehmen. Am Abreisetag ist der Gast ab zwölf Uhr mittags automatisch ausgecheckt. Etwaige Rechnungen aus dem Verzehr der Minibar werden ebenfalls über die bei uns hinterlegten Kreditkarteninformationen beglichen.«

»Und das Frühstück?«

»Ist schon im Preis mit drin. Der Kellner im Frühstücksrestaurant fragt aber routinemäßig nach der Zimmernummer des Gastes, damit wir das intern besser zuordnen können und sich niemand von außen auf Kosten des Hotels ein Frühstück einverleibt.«

Janneke machte ein betrübtes Gesicht. »Das ist ja richtig kompliziert. Mein Cousin hat vor ungefähr zwei Monaten hier übernachtet. Er hat mir das Prozedere auch schon erklärt, aber ich kann es immer noch nicht so verinnerlichen.«

»Soll ich es Ihnen noch mal erklären?«

»Ich weiß nicht, ob das was nützen würde, aber ich hätte da eine andere Idee. Vielleicht könnten Sie mir an einem praktischen Beispiel die Sache erklären, also anhand einer realen Rechnung. Sie können ja meinen Cousin nehmen, wir haben schon als Kinder alles geteilt, wenn wir bei Oma und Opa in Dornumersiel in den Ferien waren.«

»Ob Ihr Cousin nichts dagegen hat?«

Janneke lachte. »Wie sollte er? Schließlich fungiert er als Testleser für meine Bücher, da kann ich schon etwas Mitarbeit von ihm verlangen. Auch wenn es nur die Zurverfügungstellung seiner Daten ist.«

Mit einem Seufzer wandte sich die junge Angestellte ihrem Computer zu. »Das klingt ja alles sehr plausibel. Wie heißt denn Ihr Cousin?«

»Harm Oltmanns aus Greetsiel. Meines Wissens war das die Nacht vom fünften auf den sechsten April in diesem Jahr.« Nur mit Mühe konnte Janneke ihre Freude über die gelungene Vorstellung verbergen.

»Hier haben wir ihn.« Die Angestellte sah auf den Bildschirm. »Ihr Cousin hat das Zimmer per Mail bestellt und auch komplett alles bezahlt. Aus der Minibar hatte er nichts. Und Moment … Frühstück hat er keines eingenommen, sonst hätte der Restaurantleiter das hier eingebucht.«

»Also ist er ohne Frühstück weg?«

»Sieht so aus.«

»Dann wäre es theoretisch möglich, dass er eingecheckt, kurz das Zimmer betreten hat und sofort wieder weg ist?«

»Möglich wäre es, denn wir gehen immer davon aus, dass der Gast bis mittags abgereist ist. Wann er am Vormittag tatsächlich geht, wissen wir nicht. Um Punkt zwölf muss er jedenfalls raus sein.«

Janneke bedankte sich bei der hilfsbereiten jungen Frau und verließ das Hotel. Also war es möglich, dass Harm Oltmanns nach der Teilnahme am Emder Kaufmannsmahl abends kurz im Hotel war und dann gleich wieder zurück nach Greetsiel gefahren ist, um seinen Bruder zu ermorden.

Sie lief ein paar Schritte weiter, zückte ihr Handy und wählte Steenhuis' Telefonnummer.

9. Kapitel

Nachts, wenn Jasper sicher sein konnte, dass seine Mutter schlief, versuchte er immer wieder vergeblich, seinem Hals einen Ton zu entlocken.

Sie hatte es doch tatsächlich fertiggebracht, ihn zu dem Arzt in Emden zu schleppen, obwohl sich Jasper mit Händen und Füßen gewehrt hatte. Der Arzt hatte ihn lange untersucht, alle wichtigen Informationen, die seine Mutter ihm mitgeteilt hatte, notiert. Nun schob er seine Brille auf die Stirn. »Frau Oltmanns, wären Sie so nett und würden uns mal alleine lassen?« Auffordernd sah er Gesa Oltmanns an.

Irritiert stand seine Mutter auf und verließ den Raum. Jasper war gar nicht wohl zumute und er hoffte, dass dies nichts Schlimmes zu bedeuten hatte. Warum wollte der Arzt mit ihm alleine sein?

Freundlich lächelte der Mediziner den jungen Patienten an. »Mach mal den Mund auf, Jasper, und versuche mal einen Ton herauszubringen.«

Der Junge schüttelte den Kopf, tat aber wie ihm geheißen. Er öffnete den Mund, holte Luft und stieß den Atem sofort wieder aus. Alles, was man hören konnte, war ein gehauchtes O.

»Beim Hals-Nasen-Ohren-Arzt warst du ja schon«, murmelte der Arzt und sah den Jungen an. »Also, dein Körper ist in Ordnung, aber irgendwas blockiert deine Sprache.« Zurückgelehnt tippte der Arzt mit seinem Kugelschreiber auf seine Nasenspitze. »Sag mal, Jasper, hast du in letzter Zeit etwas erlebt, was dich sehr erschreckt hat?«

Jasper verneinte sofort mit einem heftigen Kopfschütteln und betete innerlich, dass der Mann in dem weißen Kittel aufhören möge, ihn so zu löchern.

»Ist dir vielleicht ein Erwachsener zu nahe gekommen und hat etwas getan, was dir unangenehm war?«

Ganz genau wusste der Junge nicht, was der Doktor meinte, aber er schüttelte erneut den Kopf.

Der Arzt drückte auf die Gegensprechanlage. »Gesine, Frau Oltmanns möchte bitte wieder reinkommen.« Und zu Jasper gewandt: »Du bist so nett und wartest im Wartezimmer auf deine Mutter.«

Froh, das Behandlungszimmer endlich verlassen zu können, eilte er hinaus an seiner Mutter vorbei ins Wartezimmer. Nur zu gerne hätte er gewusst, was in dem Sprechzimmer jetzt gesprochen wurde.

Nach zehn Minuten kam sie zurück. Sie fuhren wieder nach Hause, wo seine Mutter sofort das Abendessen zubereitete. Über das Gespräch mit dem Arzt sagte sie nichts, woraus Jasper den Schluss zog, dass es nichts Bedeutendes zu berichten gäbe.

Eigentlich war das schlau von seinem Körper, der es nach Jaspers Ansicht so eingefädelt hatte, dass er gar nicht in der Lage war, etwas über den nächtlichen Vorfall an der Mühle zu erzählen. Leider konnte er sich nicht sicher sein, ob der Angreifer von seinem Zustand wusste.

Nach dem Abendessen saß er in seinem Zimmer über seine Zeichnungen gebeugt und arbeitete weiter an seinen Comics.

Er hörte unten im Flur das Telefon läuten und seine Mutter leise sprechen. Kurze Zeit später betrat sie sein Zimmer.

»Übermorgen wird Tante Ida beerdigt. Ich werde deine Lehrerin anrufen, damit sie dich früher nach Hause schickt. Die Beerdigung ist schon um zwölf Uhr.«

Jasper stand auf, stellte sich vor seine Mutter und schüttelte den Kopf, dabei stampfte er mit dem Fuß auf. Nie im Leben würde er dahin gehen, denn er wusste, dass da wieder alle möglichen Leute anwesend waren und wahrscheinlich auch der Angreifer. Sicher war er sich nicht, aber es war immerhin sehr gut möglich.

»Aber warum denn nicht?« Gesa sah ihren Sohn verständnislos an.

Jasper drehte sich herum, riss ein Blatt aus einem Heft, schrieb etwas auf und hielt seiner Mutter den Zettel vor die Nase.

»Ich will nicht!!!«, las Gesa laut vor. Sie legte eine Hand auf die Schulter ihres Sohnes. »Gut, wenn du nicht willst. Ich habe zwar keine Ahnung warum, aber bitte, wie du willst«, entgegnete sie kraftlos. »Ich werde Frau de Vries bitten, dass sie sich nach der Schule um dich kümmert.«

Erleichtert umarmte Jasper seine Mutter.

Spät am Abend, er saß wieder am Fenster und sah dem alten Mann und dem Hund nach, die jeden Abend am Hafen spazieren gingen, dachte er an die junge Frau, die er bei Tante Babette getroffen hatte. Sie hat zwar gesagt, dass sie nicht mutig ist, aber jemand, der Kriminalromane schreibt, muss doch eine Ahnung von Verbrechen haben?, überlegte er. Vielleicht weiß sie einen Ausweg?

Jasper legte sich ins Bett und beschloss, am nächsten Tag weiter darüber nachzudenken. In dieser Nacht träumte er, dass der Angreifer in seinem Zimmer auf ihn wartete und ihm die Zunge herausschnitt.

10. Kapitel

Seine langgliedrigen Finger umklammerten das Blatt, welches er in den Händen hielt. Der Emder Notar Friedhelm Herwijnen versuchte, durch gleichmäßiges Atmen seinen erhöhten Pulsschlag auf ein normales Maß zu bringen. Auch nach über dreißig Jahren während seiner Tätigkeit als Rechtsanwalt und Notar fiel es ihm schwer, vor mehr als zwei Menschen etwas zu sagen.

Vor ihm saßen die Brüder Harm und Bruno Oltmanns. Hinter ihnen jeweils die Ehefrauen der beiden Unternehmer. Rechts von ihnen, in einem etwas größeren Abstand, lümmelte der Witwer der Verstorbenen Ida Bölter auf seinem Stuhl herum. Herwijnen, streng und konservativ erzogen, konnte diese Sitzhaltung von Matze Bölter nicht anders bezeichnen. Er empfand diese Lässigkeit, die der Mann an den Tag legte, indem er seine Füße weit von sich gestreckt hielt, als sehr unpassend und dem Anlass nicht würdig.

Herwijnen trank einen Schluck Wasser und versuchte sich zu sammeln. Erst vor vier Wochen war seine Mandantin Ida Bölter in seiner Kanzlei in dem alten Haus am Emder Delft erschienen und hatte ihr Testament zum wiederholten Male geändert. Dabei hatte sie ihm anvertraut, dass sie es zutiefst bereute, diesen jungen Schnösel geheiratet zu haben. Zu Friedhelms Erstaunen hatte sie wirklich den Ausdruck Schnösel gebraucht, der, wie er heute feststellen konnte, die Sache auf den Punkt brachte.

»Herr Herwijnen, wenn es geht, würde ich Sie bitten zu beginnen«, drängelte Harm und ignorierte den strafenden Blick seines Bruders.

»Selbstverständlich«, beeilte sich der Notar zu sagen und hob das Blatt Papier ein wenig höher.

»Ich gebe Ihnen nun den letzten Willen der Verstorbenen zur Kenntnis«, begann der Notar. »Ich, Ida Bölter, geborene Oltmanns, gebe hiermit meinen letzten Willen bekannt.«

Matze Bölter setzte sich aufrecht hin und lauschte gespannt den kommenden Worten.

Herwijnen räusperte sich umständlich, ehe er fortfuhr. »Meine Anteile an der Firma, mein Barvermögen und mein Haus mit sämtlichem Inventar in der Möwenstraße vierzehn in Greetsiel vermache ich jeweils zu einem Drittel meinen Brüdern Harm und Bruno Oltmanns sowie dem Sohn meines verstorbenen Bruders, Jasper Oltmanns, mit der Auflage, das Barvermögen, das Geld aus dem Erlös des Hauses und des Inventars zur Stabilisierung des Finanzhaushaltes der Küsten-Räucherei Oltmanns zu verwenden. Mein Ehemann Matthias Bölter kann noch zwölf Monate nach meinem Tod das Haus bewohnen, dann muss er es verlassen.«

Bölter öffnete Mund, schloss ihn aber sofort wieder.

»Wollten Sie etwas sagen?« Der Notar sah ihn abwartend an.

»Nein … oder doch«, antwortete der Witwer im gereizten Tonfall. »Ich bin mir nicht sicher, ob das so in Ordnung ist.«

Der Notar lehnte sich ein wenig zurück. »Ich nehme an, Sie vermissen einen gewissen Vermögensanteil, der Ihnen als Erbe zufällt?«

Bölter nickte wortlos.

»Dann rufen Sie sich bitte in Erinnerung, dass Sie kurz nach Ihrer Eheschließung mit Ihrer Gattin hier in meiner Kanzlei vorstellig wurden, um einen Ehevertrag beglaubigen zu lassen«, referierte Herwijnen. »In dem gleichzeitig ausgefertigten Erbvertrag verzichteten Sie auf den gesetzlichen Pflichtanteil, der Ihnen nach dem Tod Ihrer Ehefrau zustünde. Stattdessen erhielten Sie als Abfindung die vollständige Einrichtung Ihres Musikstudios, welches eine größere Summe verschlungen hat. Ihre Frau wollte sichergehen, dass das gesamte Erbe in ihrer Familie bleibt beziehungsweise der Firma zugutekommt. Ist das so weit korrekt?«

Bölter nickte kurz und verschränkte seine Arme vor der Brust.

Bruno und Harm hatten die Szene wortlos beobachtet.

»Gut. Dann kann ich ja fortfahren«, nuschelte Herwijnen und hob das Blatt Papier wieder hoch. »Meine Aktien«, las er weiter, »und der Erlös meines Schmuckes geht an die Deutsche Gesellschaft zur Rettung Schiffbrüchiger.«

Brunos Frau Emmi stieß einen spitzen Schrei aus, der sofort mit einem finsteren Blick von ihrem Ehemann quittiert wurde.

Der Notar war erleichtert, dass er den größten Teil dieses Termins überstanden hatte, und wandte sich an die Anwesenden. »Des Weiteren gebe ich Ihnen noch zu Kenntnis, dass Sie, falls Sie das Erbe ausschlagen möchten, dies innerhalb von sechs Wochen dem Nachlassgericht in Emden anzeigen müssen.«

Nach einem gemurmelten »Danke« und einem flüchtigen Händedruck verließen die Brüder Oltmanns die Kanzlei gefolgt von ihren Ehefrauen.

Matze Bölter sprang auf, gab seinem Stuhl einen Tritt und verließ ohne Gruß das Büro des missbilligend dreinblickenden Notars Friedhelm Herwijnen.

***

»So eine Idiotin«, schimpfte Emmi Oltmanns, als sie neben ihrem Mann am Hafen entlang Richtung Innenstadt eilte. »Deine Schwester ist so blöd. Jetzt bekommt die Firma das ganze Vermögen. Wir hätten das Geld von Ida gut gebrauchen können, jetzt, da Aaltje bald heiratet, und so eine Reise nach Estland kostet eine Menge Geld. Und die Hotels erst …« Emmi holte tief Luft. »Bruno, wir sind pleite, wenn wir wieder nach Hause kommen.«

Bruno blieb abrupt stehen. »Ich weiß gar nicht, wieso du so schimpfst. Ich kann doch nichts daran ändern. Meine Schwester war schon immer plemplem.«

»Hilke gönne ich das ja, dass sie nix von dem Geld abbekommt, die eingebildete Pute. Und der Typ erst …« Angewidert schüttelte sie sich.

»Meinst du unseren Schwager Matze?«

»Klar meine ich den. Wie konnte Ida nur so blind sein und den heiraten?«

Bruno zuckte mit den Schultern. »Keine Ahnung, warum sie den von Spanien mit hierhergeschleppt hat. Wahrscheinlich war ihr langweilig.«

»Komm, ich brauche was zu trinken. Wir gehen jetzt da rein«, ordnete Emmi an und zog ihren Mann zum Eingang des Stadtcafés. Sie nahmen im hinteren Teil des Lokals Platz und bestellten sich jeweils eine Portion Ostfriesentee und ein Stück Schokoladentorte.

»Das tut gut«, schwärmte Emmi und schob sich ein Stück der cremigen Torte in den Mund. »Habe ich das jetzt richtig verstanden, dass du und Harm zusammen mit Jasper Idas Firmenanteile geerbt habt?«

»Ja, ich denke, so ist das«, sagte Bruno teilnahmslos und trank seinen Tee.

»Kann das sein, dass Gesa als Jaspers Vormund euch jetzt in die Firma reinreden kann?« Emmi hatte schon vom Anfang ihrer Ehe an Schwierigkeiten mit ihren Schwägerinnen.

»Nein, das glaube ich nicht«, entgegnete Bruno und sehnte sich nach seinem heimatlichen Sofa, wo er, so Emmi es zulassen würde, seine Augen schließen und vor dieser lauten Welt Ruhe haben würde. »Harm hat Gesa ein paar Papiere unterschreiben und sich etliche Vollmachten ausstellen lassen. Jetzt können wir über alles frei verfügen und zum Beispiel den Kutter verkaufen.«

Empört ließ Emmi ihre Kuchengabel sinken. »Kann das sein, dass du keine Ahnung hast, was Harm da so alles macht?«

»Emmi, jetzt halt aber mal den Mund. Wir haben das immer so gehalten, dass sich Harm und Heiko um das Geschäftliche kümmern und ich mich um die Kundenkontakte.«

»Ich werde verrückt«, schimpfte sie. »Wie kann man nur so leichtgläubig sein? Heiko war genauso naiv. Harm ist mit allen Wassern gewaschen und eines Tages wird er dir das Fell über die Ohren ziehen.« Mit Genugtuung sah sie, wie Bruno sie sprachlos ansah. Aus seinem Gesicht war alle Farbe gewichen.

11. Kapitel

Frustriert saß Janneke auf einer niedrigen Steinmauer am Hafen und beobachtete die Menschen, die langsam an ihr vorbeischlenderten. Dieses Vorgehen, einfach nur dazusitzen und ihren Zeitgenossen zuzuschauen, hatte ihr schon immer geholfen, wenn sie mal bei der Bearbeitung eines Manuskripts nicht weiterkam. Aber dieses Mal schien diese Taktik nicht so recht zu funktionieren. Die Arbeit an einem Drehbuch war doch etwas anderes als die Verfassung eines Romans, wo man sich um Szenenüberschriften und Regieanweisungen keine Sorgen machen musste. Außerdem spukte ihr die Familie Oltmanns durch den Kopf, wobei sie sehr oft an den Jungen denken musste.

Kommissar Steenhuis in Norden hatte sie über ihre Rechercheergebnisse in dem Emder Hotel informiert. Er wollte gleich veranlassen, dass Harm Oltmanns noch einmal gründlich befragt würde.

Zur Verbesserung ihrer Laune steuerte die junge Frau das nächste Café an, bestellte sich ein Stück Ostfriesentorte und beobachtete mit zunehmender Neugier die Menschen, die an den anderen Tischen saßen. Schon häufig hatte Janneke versucht, anhand der Kleidung, der Gestik und wenn möglich der Sprache herauszubekommen, woher derjenige stammte und welchen Beruf diese Person ausübte. Bei Pärchen war es besonders interessant, zu erforschen, ob es sich um ein langjähriges Ehepaar handelte oder um Frischverliebte.

Das Paar gleich neben der Tür schien gerade mit einem heftigen Streit beschäftigt zu sein. Er klopfte dauernd mit der Hand auf den Tisch, während sie beleidigt aus dem Fenster sah.

Jannekes Gedanken wanderten wieder zur Familie Oltmanns, in der Streit nichts Ungewöhnliches zu sein schien. Die Brüder hatten Differenzen, Gesa und ihr verstorbener Mann waren nicht immer einer Meinung gewesen und Gesas Schwester spionierte ihrem Ehemann hinterher und sah schwarz für eine gemeinsame Zukunft. Wie passte da der stumme Junge hinein? Hatte es ihm bei all der negativen Energie die Sprache verschlagen? Hatte er vor etwas Angst? Sie erinnerte sich an ihre Verwunderung über die Frage Jaspers, ob sie mutig sei. Was hatte er damit gemeint?

Janneke nahm entmutigt zur Kenntnis, dass der Knoten in ihrem Kopf sich nicht entwirrte, sondern immer dicker wurde.

Die Ehefrau vom Fenstertisch hatte jetzt ihre Handtasche an sich gerissen und war, ohne ihren Mann noch einmal anzusehen, hinausgestürmt.

Er sah ihr verdutzt nach, winkte der Bedienung und bestellte sich einen Kräuterschnaps. Das war wieder mal der beste Beweis, analysierte Janneke amüsiert, dass Frauen und Männer ihre Probleme unterschiedlich lösten.

Eine ankommende Textnachricht auf ihrem Handy riss sie aus ihren Gedanken. Es war der Hinweis auf einen entgangenen Anruf. Janneke kannte die Nummer, es war die des Kommissars aus Norden.

Sie zahlte und verließ zügig das Café. Eilig, soweit es ihre High Heels zuließen, lief Janneke zu ihrer Ferienwohnung, denn nur dort konnte sie in Ruhe telefonieren.

Ihr Vermieter Holger Wehmann stand hinter dem Tresen in der Alten Müllerei und winkte ihr kurz zu. In der Wohnung angekommen, schleuderte sie ihre Schuhe von den Füßen, ließ sich auf das Sofa fallen und wählte Steenhuis' Nummer.

»Steenhuis?«, meldete sich die angenehme Stimme des Ermittlers.

»Hoogestraat«, sagte sie und platzte fast vor Neugier. »Ich habe gesehen, dass Sie versucht haben mich anzurufen.«

»Ja, stimmt«, antwortete Steenhuis. »Sie hatten recht.«

»Mit was?«

»Harm Oltmanns hat in dieser Nacht nicht im Hotel Frisia übernachtet.«

»Wusste ich es doch«, freute sich die junge Ostfriesin. »Wie hat er das angestellt?«

»Genauso, wie Sie es mir geschildert haben. Er hat das Zimmer übers Internet gebucht und bezahlt, hat das Zimmer nur kurz betreten, das Bett zerwühlt und ist nach einer halben Stunde wieder gegangen. Er hat nicht damit gerechnet, dass die Einnahme des Frühstücks irgendwie erfasst wird.«

»Und das hat er bereitwillig zugegeben?«, fragte Janneke erstaunt nach.

Steenhuis räusperte sich. »Das hat mich ehrlich gesagt auch sehr verwundert. Er hat angegeben, dass er in dieser Nacht bei seiner Geliebten übernachtet hat. Und um kein Misstrauen zu erregen, hat er die Hotelbuchung vorgenommen. Die Rechnung hat er wie immer in die Buchhaltung gegeben.«

»Er war doch bei dem Emder Kaufmannsmahl und hätte nach dieser Vereinssitzung normalerweise gut und gerne die paar Kilometer nach Greetsiel nach Hause fahren können«, wunderte sich Janneke. »Also brauchte er eine Ausrede, um in der Nacht nicht nach Hause fahren zu müssen?«

»Genauso ist es. Er hat angegeben, dass bei diesen Treffen Alkohol getrunken wurde und er deshalb regelmäßig nach solchen Terminen im Hotel übernachtet. So hat ihn niemand zu Hause vermisst und er konnte ungestört zu seiner Freundin fahren.«

»Er wollte sichergehen, dass seine Frau nicht irgendwie dahinterkommt«, überlegte Janneke.

»Das scheint mir auch so. Jedenfalls hat die Frau, mit der er in der Mordnacht vor drei Monaten zusammen war, sein Alibi bestätigt.« Es knackte in der Leitung. »Frau Hoogestraat, hören Sie mich?«

»Ja, jetzt wieder, eben war das Gespräch kurz weg.«

»Wo waren wir stehen geblieben?«

Janneke musste grinsen. »Sie wollten mir jetzt sicher den Namen der Geliebten verraten.«

»Wollte ich das?« Sie hörte, dass er sich ebenfalls ein Lachen verkniff. »Also gut. Es ist eine Angestellte der Firma Oltmanns …«

»Mareike aus der Buchhaltung«, sagte Janneke sofort.

»Ja, Mareike Jessen. Woher wussten Sie das?«
»Frau Künzel, die Sekretärin, hat so was erwähnt.«
Janneke vernahm, dass es in Steenhuis' Büro laut zuging. »Ich glaube, wir sollten ein andermal weiterreden«, sagte er. »Hier ist gerade der Teufel los. Bis bald.«
Noch ehe Janneke etwas erwidern konnte, hatte Steenhuis aufgelegt.

***

Wenn sich Janneke richtig erinnerte, hatte Frau Künzel erwähnt, dass die Geliebte ihres Chefs in der Buchhaltung arbeitete. Den vollständigen Namen hatte sie ja jetzt und so durfte es sicher nicht schwer sein, die Adresse herauszufinden.
Im Internet rief Janneke das Telefonbuch der Gemeinde Krummhörn auf. Sie fand den Namen Mareike Jessen und die dazugehörige Adresse in Pilsum sofort. Na bitte, wer sagt es denn, freute sich Janneke.
Zufrieden bereitete sie sich eine Portion Rührei zu und bearbeitete ihre Mails. Später rief sie bei Onkel Hinrich zu Hause an, der sich aber nicht meldete. Auch wenn sie vor der Hektik, die ihr Onkel täglich verbreitete, geflohen war, so vermisste sie doch seine Pfannkuchen und ihre Katze Fräulein Schneider, die ihren Namen einer ehemaligen Kollegin verdankte, die immer wie eine Katze durchs Büro geschlichen war.
Janneke wollte gerade unter die Dusche steigen, als ihr Handy klingelte, es war ihr Onkel. »Und, hast du noch kein Heimweh?«, bellte er ohne weitere Begrüßung ins Telefon. »Immerhin bist du schon fast vier Wochen in Greetsiel.«
So kannte sie ihren Onkel, ein Brummbär, aber eine Seele von Mensch. »Noch gefällt es mir hier sehr gut. Was macht denn Fräulein Schneider?«
»Vor die Füße hat die mir gekotzt, weil sie wieder ihr Fressen so runtergeschlungen hat.«
»Oh je, vielleicht musst du mit ihr zum Tierarzt?«

»Nee, das tut nicht nötig. Sie frisst ja wieder, alles tipptopp in Ordnung.«

»Dann ist es ja gut.« Am liebsten hätte sie Fräulein Schneider mit nach Greetsiel genommen, aber Katzen nehmen im Allgemeinen solche Ortswechsel sehr übel.

Hinrich räusperte sich. »Wann bist du denn wieder zu Hause? Elsie hat uns zum Essen eingeladen.«

»Stimmt ja, sie hat bald Geburtstag.« Janneke mochte ihre Nachbarn Elsie und Jan Klüverboom. Hinrich und Jan stritten sich zwar regelmäßig, vertrugen sich aber sehr schnell wieder, was immer ausgiebig mit ein paar Sanddornschnäpsen gefeiert wurde.

»Das kann ich dir nicht sagen, mit der Arbeit flutscht das nicht so, wie ich das gerne hätte«, teilte sie ihrem Onkel mit. Dass sie sich mit dem Tod eines Unternehmers und seiner streitsüchtigen Familie beschäftigte, verschwieg sie wohlweislich.

»Pass auf dich auf und gib nicht wieder dein ganzes Geld für Klamotten aus«, ermahnte sie Hinrich.

Janneke versprach, sich nicht zu unnützen Einkäufen verleiten zu lassen, und verabschiedete sich. Ihr Laptop starrte sie mahnend an, aber sie beschloss, sich mit ihren Ermittlungen zu beschäftigen.

Als Erstes rief sie in der Telefonzentrale der Firma Oltmanns an. Die Dame, die sich höflich mit dem Firmennamen und ihrem eigenen meldete, fragte Janneke nach ihrem Anliegen.

»Mein Name ist Berlinger, ich bin Mitarbeiterin in einer Steuerkanzlei. Ich möchte im Grunde genommen nur wissen, wie lange die Herrschaften in Ihrer Buchhaltung arbeiten. Wir hätten da noch einige Nachfragen und im Moment erreiche ich dort niemanden.«

»Soll ich Sie durchstellen?«

»Nein, das ist nicht nötig. Ich habe die Durchwahl und kann es immer mal wieder versuchen.«

»Gut«, meinte die Dame der Zentrale. »Um sechzehn Uhr macht die Buchhaltung Feierabend.«

»Danke, das reicht mir schon.«

Das ging ja ganz leicht, freute sich Janneke und stellte nach einem Blick auf die Uhr fest, dass sie noch eine Menge Zeit hatte, bis Mareike in ihrer Wohnung in Pilsum auftauchen würde.

Entgegen ihrem Versprechen erstand sie in einer Boutique eine Seidenbluse und ein paar High Heels aus altrosa Kunstleder. Ihr schlechtes Gewissen beruhigte sie damit, dass das Honorar für das Drehbuch alles wieder rausreißen würde.

Pünktlich um zehn nach vier parkte Janneke ihren Citroën im Austernweg in Pilsum.

Die im Telefonbuch angegebene Adresse war ein pompöses Einfamilienhaus mit einer großzügigen Einliegerwohnung.

Sie erkannte die junge Angestellte sofort, als diese mit ihrem Fahrrad um die Ecke bog. Groß und blond, so wie von der Sekretärin beschrieben, lehnte Mareike Jessen ihr Rad an die Hausmauer und lief an der Hausseite entlang, um in ihre Wohnung zu gelangen.

Eilig stieg Janneke aus und sprach die junge Frau an. »Verzeihung, dass ich Sie anspreche, aber ich habe mir eben in der Straße eine Wohnung angesehen und wollte sie einfach nur fragen, ob es sich hier gut wohnen lässt.«

»Wollen Sie nach Pilsum ziehen?«, fragte die Angesprochene nach.

Janneke nickte. »Ja, ich arbeite in Emden und bis hier ist es ja nicht weit.«

»Sie wollen aus Emden weg?«

»Ja, aber nicht ganz freiwillig.«

»Wieso nicht freiwillig?« Abwartend sah Mareike Jessen Janneke an.

»Sie kennen das ja bestimmt. Ich will meinem Freund nicht dauernd über den Weg laufen.«

Die Angestellte lachte. »Ja, die Männer. Wem sagen Sie das. Ich habe auch so einen Spezialisten, aber das ist eine andere Geschichte.«

»Sind Sie auch wegen Ihres Freundes hierhergezogen?«

Mareike streckte die Hand aus und deutete zum Ende der Straße. »Wenn Sie bis zur Ecke gehen, können Sie den Pilsumer Leuchtturm sehen.«

Aha, dachte Janneke, sie will nicht darüber reden. »Dann werde ich mir das gleich mal ansehen«, verkündete sie, machte aber keine Anstalten zu gehen.

Mit einer heftigen Bewegung nahm die Angestellte ihren Lederrucksack von ihrem Rücken, öffnete den Fahrradschuppen und schob ihr Fahrrad herein. Sie schloss das Rad ab und steckte den Schlüssel in ihre Jeanstasche. »Wenn Sie Lust haben, kann ich Sie ja ein Stück begleiten«, meinte sie dann.

Nach Jannekes zustimmendem Nicken bugsierte sie den Rucksack ebenfalls in den Schuppen und sie liefen los. Janneke hatte Mühe, ihr zu folgen. Mit ihren langen Beinen benötigte Mareike Jessen nur einen Schritt, während Janneke, erheblich kleiner und mit ungünstigem Schuhwerk ausgestattet, zwei Schritte benötigte.

»Wissen Sie«, sagte Mareike nach einer Weile. »Ich habe mich nicht von meinem Freund getrennt, aber es ist noch schlimmer, er ist nämlich verheiratet.«

Janneke nickte. »Das ist für Sie bestimmt nicht schön. Sie sind doch noch so jung und wollen bestimmt eine eigene Familie.«

»Sehen Sie da? Da ist der Pilsumer Leuchtturm.« Die junge Frau zeigte zu dem gelb-rot gestreiften Turm.

»Stimmt, Sie hatten recht«, meinte Janneke und steuerte auf eine kleine Steinmauer zu. »Ich glaube, ich muss mich mal hinsetzen. Meine Füße.«

Jetzt lachte Mareike. »Mich wundert es, dass Sie überhaupt darin laufen können.«

»Einen Spleen muss ja jeder haben«, entgegnete Janneke lachend und setzte sich.

Die junge Angestellte ließ sich neben ihr nieder und schob den Kies unter ihren Füßen mit den Schuhspitzen hin und her. »Kinder hätte ich schon gerne, aber mein Freund wird sich nie von seiner Frau trennen. Er hat eine kleine Tochter und seine Frau ist nur ein paar Jahre älter als ich.« Sie lachte bitter auf. »Sie ist die Tochter des niederländischen Honorarkonsuls in Emden. Vielleicht hat er sie deswegen geheiratet.«

»Obwohl er eine so junge Frau hat, fängt er mit Ihnen etwas an?«

»Ich muss zugeben, dass ich auch schon darüber nachgedacht habe. Inzwischen denke ich, dass sich mein Freund ziemlich schnell langweilt, und deshalb hat er was mit mir angefangen.« Mareikes Gesicht sprach Bände.

»Meinen Sie das im Ernst?«

Sie zuckte mit den Schultern. »Alle paar Wochen hat er bei mir übernachtet. Mehr ginge nicht, hat er immer behauptet. Und ausgerechnet das letzte Mal, als er über Nacht hier war, da war ich so krank, dass ich überhaupt nichts von ihm hatte. Ich habe nur auf dem Sofa gelegen und geschlafen.«

»Ist das schon so lange her?«

»Es war Anfang April. Also vor genau drei Monaten.« Sie rutschte ein wenig nach vorne, bückte sich und nahm einen Kieselstein hoch. »Das war unsere letzte Nacht und ich kann mich nicht mal richtig daran erinnern.«

»Das war sicher nicht schön für Sie«, bemerkte Janneke und beachtete Mareike unauffällig, deren Mund sich zu einem schmalen Strich zusammengezogen hatte.

»Und wissen Sie, was das Schlimmste ist? Genau diese letzte Nacht hat die Polizei interessiert. Ich wurde doch tatsächlich gefragt, ob er in dieser Nacht bei mir gewesen sei.«

»Warum wollte die Polizei das denn wissen?«

»Alles reine Routine, haben die gesagt. Es ging auch ganz schnell. Ich habe ausgesagt, dass mein Freund die ganze Nacht in meiner Wohnung verbracht hat, obwohl ich die ganze Zeit mit hohem Fieber auf dem Sofa gelegen und nicht mitbekommen habe, ob er wirklich die ganze Nacht da war. Es kann sein, dass ich, ohne es richtig zu wollen, die Unwahrheit gesagt habe.« Sie hob den Kieselstein hoch und warf ihn gegen eine Mülltonne, die am Straßenrand auf ihre Entleerung wartete.

12. Kapitel

So ein verdammter Mist, ärgerte sich Matze Bölter und warf seinen Kontoauszug in den Papierkorb. Ida war ja so kulant gewesen, dafür zu sorgen, dass er mindestens noch ein Jahr eine Unterkunft hatte, aber von was er leben sollte, hatte sie wohl nicht interessiert. Mit den paar Gigs als Diskjockey konnte er wahrlich keine großen Sprünge machen. Die Sache mit dem Ehe- und Erbvertrag hatte er nie so ganz verstanden, aber er hatte alles unterschrieben, ohne zu realisieren, welche Konsequenzen dies für ihn haben könnte.

Er sah sich in seinem Musikstudio um. Die technischen Apparate stellten zwar einiges an Wert dar, aber ein Verkauf kam für ihn nicht infrage. Schließlich wollte er auch in Zukunft in diesem Metier arbeiten. Also musste er sich etwas anderes einfallen lassen. Irgendwie war alles schiefgelaufen.

Die Aussicht auf ein sorgenfreies Leben war für ihn, den ewig klammen Musiker, der eigentliche Grund dafür, dass er sich mit Ida eingelassen hatte. Eigentlich passte sie ja überhaupt nicht in sein Beuteschema. Aber der Not gehorchend hatte er ihr Komplimente gemacht und sich um sie gekümmert. Ida hatte seine Avancen aufgesogen wie ein vertrockneter Schwamm und ihn schließlich geheiratet. Dass Ida bei der Eheschließung auf Gütertrennung bestanden hatte, war ihm eigentlich egal. Hauptsache, er fiel in ein gesichertes finanzielles Netz.

Unschlüssig, wie es weitergehen sollte, verließ Matze sein Studio im Keller der Villa und ging in die erste Etage hinauf. Frau Volkers hatte gestern ihren letzten Arbeitstag gehabt und war ohne einen Abschiedsgruß verschwunden. Sie hatte sogar alle Essensvorräte aus dem Kühlschrank mitgenommen.

Er betrat das Wohnzimmer und sah sich um. Laut Testament gehörte das Inventar zum Haus und sollte ebenfalls, wenn seine Nutznießung beendet war, verkauft werden.

Gedankenvoll schlenderte der Diskjockey ins Esszimmer. Die Ölschinken, die überall herumhingen, konnte er sicher nicht so schnell zu Geld machen, aber Kleinigkeiten wie Silberbestecke oder Schalen und das wertvolle Geschirr würden sicherlich sofort einiges an Bargeld bringen.

Entschlossen holte er aus dem Hausarbeitsraum neben der Küche eine große Einkaufstasche und leerte die Schublade mit dem Tafelsilber. Die Stereoanlage aus dem Wohnzimmer wickelte er in ein paar Badetücher, die nach Matzes Ansicht viel zu edel waren, um sich damit abzutrocknen. Aber so war Ida gewesen, alles musste teuer und wertvoll sein.

Wie hatte sie sich bemüht, ihm Essmanieren beizubringen. Sie hatte ihm die verschiedenen Bestecke auf den Tisch gelegt und ausführlich referiert, welche Gabel und welchen Löffel man für welche Speisen benutzte. Matze kannte Messer, Gabel und Löffel, fertig. Das war alles, was er wissen musste.

Mehrmals hatte Ida ihn nach Oldenburg geschleppt, um ihn standesgemäß einzukleiden. Bei dem Gedanken, wie verwirrt die Verkäuferin gewesen war, als Matze nur mit der Unterhose bekleidet aus der Umkleidekabine getreten war und Ida die ganzen Klamotten vor die Füße geworfen hatte, musste er heute noch lachen.

Aus solchen Äußerlichkeiten machte er sich wirklich nichts und hatte auch nicht die Absicht, sich derart verbiegen zu lassen.

Irgendwann hatte Ida aufgegeben und er hatte von da an seine Ruhe. Bei diversen Abendessen im Hause Bölter hielt er sich fern und verbrachte seine Tage in seinem Studio. Die Nächte aber gehörten ihm ganz alleine. Er konnte tun und lassen, was er wollte, niemand hatte ihm da reinzureden.

Einmal, Ida hatte ihn erwischt, als er sich gerade eine Portion Kokain gönnte, hatte seine Frau für ihn Interesse gezeigt. Neugierig lernte sie, sich das weiße Pulver durch die Nase reinzuziehen. An diesen entspannten Nachmittag dachte Matze gerne zurück. Ida war wie ein junges Mädchen auf dem Sofa herumgehüpft und hatte getanzt. Schnell war das aber vorbei.

Sie gab ihm regelmäßig Geld, damit er ihr dieses Glückspulver, wie sie es nannte, besorgte.

Alles war gut gewesen. Ida wahrte den Anschein der glücklichen Ehefrau und er konnte sein Nachtleben, seine Neigungen in vollen Zügen genießen. Und dann geht die dumme Pute hin, ärgerte sich Matze, und macht mit ihrem Selbstmord alles kaputt.

Sorgfältig verstaute er das Silber und die Stereoanlage in seinem japanischen Kleinwagen und ging wieder ins Haus. Schade, dass alles vorbei war. Nach seiner Ansicht hätte das alles so weitergehen können, aber es sollte wohl nicht sein.

Matze sah sich um. Hier war noch eine Menge Kram, welchen er zu Geld machen konnte. Vielleicht bekam er so viel zusammen, dass er wieder nach Spanien gehen konnte? Er hielt es sowieso für besser, von hier zu verschwinden.

Entschlossen öffnete er eine Vitrine und nahm drei kleine Porzellanfiguren heraus. Ida hatte einmal gesagt, dass die sehr wertvoll seien. Das alles würde fürs Erste reichen. Er hatte kein schlechtes Gewissen. Im Gegenteil, dies war das Mindeste, was seine Frau noch für ihn tun konnte.

13. Kapitel

»Meinst du, der Interessent erscheint heute?« Zweifelnd sah Bruno seinen Bruder an, der sich gerade eine Zigarette anzündete und anschließend den Rauch wie eine alte Dampflok wieder ausstieß.

»Klar«, versicherte Harm. »Er hat gestern noch einmal eine Mail geschickt und den Termin für heute bestätigt.«

Wehmütig sah Bruno zu dem Kutter Neptun, der leicht schaukelnd an der Kaimauer lag. Er konnte sich noch sehr gut daran erinnern, wie sein Vater ihn früher raus zum Fischfang mitgenommen hatte. Manchmal hatte sie ihr Weg bis zur dänischen Küste geführt. Irgendwann fing es an, dass die Krabben mit Lastwagen bis Marokko gebracht wurden, wo man sie bearbeitete und wieder zurückschickte. Sein Vater war mit dieser Entwicklung nie einverstanden gewesen, hatte den Fischfang schließlich aufgegeben und sich ganz auf die Räucherei konzentriert.

Die Entwicklung in dieser Branche beobachtete Bruno mit Sorge, wogegen Harm das alles nicht interessierte. Ihm ging es nur um Geld und Macht. Sein Bruder hatte bis heute nicht kapiert, dass alles immer mit allem zusammenhing.

»Eigentlich könnten wir sie jetzt bestellen.« Harm warf seine halb gerauchte Zigarette auf den Boden und trat sie aus.

»Du könntest sie wenigstens in den Papierkorb werfen«, ermahnte Bruno ihn und zeigte auf den Zigarettenstummel.

Widerwillig bückte sich Harm. Man sah seinem Gesicht an, dass er die Maßregelung seines Bruders verabscheute.

»Was können wir bestellen?«, nahm Bruno den Faden wieder auf.

»Die neue Räucherofenanlage«, brummte Harm.

»Die ist aber verdammt teuer«, wandte Bruno ein.

»Ida hat uns doch Bargeld hinterlassen. Das wird ja wohl dicke reichen.« Harm sah auf seine Armbanduhr. »Der Kerl ist aber nicht pünktlich«, bemängelte er.

Bruno dachte an sein Gespräch mit Emmi. Auch sie schien nicht im Mindesten um Ida zu trauern, sondern hatte seine Schwester als Idiotin bezeichnet. Er hatte das Gefühl, dass er der Einzige war, der traurig war, dass zwei seiner Geschwister tot waren. Erschwerend kam hinzu, dass beide nicht an Altersschwäche gestorben waren.

»Wer ist das überhaupt?«

Harm sah ihn verständnislos an. »Wer ist was?«

»Der Interessent? Wer ist das?«

»So ein Bonze aus Augsburg. Der Inhaber einer Tuchfabrik. Er hat erwähnt, dass er sich schon als Kind gewünscht hat, einen echten Kutter zu besitzen.«

»Hast du jemals mit ihm gesprochen?«

»Ich hatte nur per Mail mit ihm Kontakt«, musste Harm zugeben.

Bruno tippte sich an die Stirn. »Da will uns doch jemand verarschen«, schimpfte er. »Ich haue ab. Ich habe was Besseres zu tun, als hier am Hafen herumzulungern.«

»Jetzt warte doch mal.« Harm hielt seinen Bruder am Ärmel fest. »Wir können doch noch zehn Minuten warten.«

Heftig riss sich Bruno los. »Du willst doch immer der clevere Geschäftsmann sein. Kommt dir das nicht komisch vor, dass wir zweimal vergeblich auf den potenziellen Käufer warten?«

»Jetzt mach aber mal halblang«, versuchte Harm, sich zu verteidigen. »Wenn wir mit jemandem aus England Kontakt haben, machen wir das auch nur über das Internet.«

Nur ungern stimmte Bruno seinem Bruder zu. »So gesehen hast du ja recht. Aber ich bin trotzdem stinksauer, dass wir jetzt das zweite Mal umsonst hier gewartet haben.«

»Ich doch auch.« Harm grinste. »Ich geh jetzt wieder ins Büro und schreibe ihm eine gepfefferte Mail. Zufrieden?«

Bruno nickte und sah seinem Bruder nach, wie der sich auf sein Fahrrad schwang und wegfuhr. Er musste sich eingestehen, dass er Harm schon längere Zeit nicht mehr über den Weg traute. Bei dem Gedanken, dass er womöglich etwas mit Heikos Tod zu tun haben könnte, wurde ihm schlecht.

Bruno setzte sich auf einen Mauervorsprung und wartete, bis der bittere Geschmack in seinem Mund verschwunden war.

***

Die fünfjährige Alina warf ihren Löffel auf den Esstisch. »Das esse ich nicht.« Sie zeigte auf den Rahmspinat auf ihrem Teller.

Harm Oltmanns sah seine Tochter strafend an. »Du bleibst jetzt so lange sitzen, bis der Teller leer ist«, befahl er und schob Alina den Teller ein wenig näher.

Hilke schüttelte unmerklich den Kopf. Sie hasste die Launen ihres Mannes und hatte inzwischen kein Verständnis mehr für seine Unfreundlichkeit.

»Alina, bist du satt?« Hilke ignorierte den empörten Blick ihres Mannes.

»Ja, Mama, ich kann nicht mehr«, schmollte das Kind und verschränkte die Arme vor der Brust.

Alinas Mutter nahm den Teller ihrer Tochter und stellte ihn auf ihren eigenen. »Dann geh jetzt in dein Zimmer. Du kannst noch ein bisschen spielen, aber in spätestens einer halben Stunde geht's ins Bett.«

Wie der Blitz rannte Alina aus dem Zimmer und schlug die Tür hinter sich zu.

»Deine Tochter hat kein Benehmen«, bemängelte Harm und schob sich ein Stück Rinderbraten in den Mund.

»Es ist auch deine Tochter«, berichtigte Hilke. »Auch wenn du das vielleicht immer noch nicht wahrhaben willst.« Eine Weile sah sie ihren Mann an. »Gab es wieder Ärger in der Firma?«

»Wieso?«

»Weil du eine Scheißlaune hast, deshalb.«

Ärgerlich warf Harm sein Besteck hin. »Der Typ, der den Kutter kaufen wollte, ist wieder nicht gekommen. Bruno meint, da will uns jemand veräppeln.«

Hilke musste sich ein Grinsen verbeißen. »Das kann ich mir gut vorstellen. Immerhin hast du dir im Laufe der Jahre viele Feinde gemacht.« Mit Genugtuung beobachtete sie, wie Harms Gesicht immer grimmiger wurde.

Er warf seine Serviette auf den Tisch. »Ihr könnt mich alle mal.« Wütend verließ er das Zimmer.

Hilke blickte ihm besorgt nach. Ihr sechzehn Jahre älterer Mann hatte sich in den letzten Monaten sehr verändert. Barsch war er immer schon gewesen, ja sogar sehr verletzend. Sie erinnerte sich noch an Harms zarte Anspielung kurz nach Alinas Geburt, dass er bei so einer jungen Frau nie sicher sein könne, ob er wirklich der leibliche Vater des Kindes sei. Hilke hatte damals gelacht und ihm versichert, dass es während ihrer Beziehung zu ihm nie einen anderen Mann gegeben hatte.

Obwohl sie den prüfenden Blick, den Harm regelmäßig auf seine Tochter warf, registrierte, ignorierte sie ihn und hoffte, dass seine Zweifel sich mit der Zeit verringern würden. Schon kurz nach dem ersten Geburtstag des Kindes änderte sich Harms Verhalten gegenüber Alina. Er wandte sich dem Kind mehr zu, obwohl immer noch eine gewisse Distanz vorhanden war. Aber Hilke war froh, dass Harm, so schien es, seine Tochter anerkannt hatte.

Der Grund für Harms Sinneswandel erschloss sich ihr erst vor ein paar Monaten. Durch Zufall hatte sie in Harms Schreibtisch, als sie nach der Geheimnummer ihrer Bankkarte sehen wollte, ein Dokument gefunden, aus dem hervorging, dass Harm ein Jahr nach Alinas Geburt heimlich einen Vaterschaftstest in Auftrag gegeben hatte, der bestätigte, dass er der Vater dieses Kindes war.

Wochenlang grübelte sie darüber nach, ob sie Harm darauf ansprechen sollte. Schließlich war das ja der Beweis, dass er ihren Beteuerungen nicht geglaubt, sondern sich bei einem Labor Gewissheit geholt hatte.

Hilke wusste nicht, was sie tun sollte. Sie war erst Anfang dreißig und Harm wahrscheinlich mitten in einer Lebenskrise.

Hatte ihre Ehe noch eine Zukunft? Müde stand sie auf und brachte das Geschirr in die Küche.

»Mama?«, rief Alina. »Kommst du?«

»Ja, ich komme«, rief sie, verließ die Küche und schloss die Tür hinter sich.

14. Kapitel

Jasper war froh, dass seine Mutter ihr Versprechen gehalten und Frau de Vries gebeten hatte, ihn nach der Schule zu beaufsichtigen. Sie war in Begleitung von Tante Linda zur Beerdigung von Tante Ida gefahren.

Die Nachbarin war eine liebevolle Frau und nahm die Sprachlosigkeit des Jungen als gegeben hin. Nach dem Mittagessen war Jasper mit Jan de Vries in seine am Haus angrenzende Werkstatt gegangen und hatte ihm geholfen, einen Fahrradreifen zu flicken.

»Man muss nicht immer alles neu kaufen«, hatte der alte Mann sinniert und eifrig herumgewerkelt. Jasper stand da und hielt das Rad fest. »In meiner Jugend hatte ich ein Fahrrad mit meinem Bruder zusammen«, erzählte der Mann weiter. »Kannst du dir vorstellen, dass wir kilometerweit in die Schule laufen mussten? Bei Wind und Wetter und nix mit dicken Winterschuhen. Kurze Hosen hatten wir an mit langen Strümpfen, die an so einem Leibchen festgemacht waren.«

Er nahm das Fahrrad und stellte es mit dem Sattel nach oben auf dem Boden ab. »So was würdet ihr Jungs doch gar nicht mehr anziehen. Stattdessen beschäftigt ihr euch mit so Computerzeugs.«

Jasper hatte interessiert den Ausführungen seines Nachbarn gelauscht. Der war bestimmt mutig, so alt, wie er war. Das Gesicht war runzelig und auf dem Kopf trug er eine Prinz-Heinrich-Mütze. Die Schirmmütze hatte er tief ins Gesicht gezogen. Jasper hatte sich schon oft gefragt, ob er diese Kopfbedeckung auch nachts anbehielt.

Frau de Vries hatte das Küchenfenster geöffnet. »Tee ist fertig.«

»Na, dann komm mal. Jetzt ist erst mal Pause.« Herr de Vries wusch sich die Hände neben der Hintertür unter einem Wasserhahn an einem alten Sandsteinbecken. »Jasper, du auch.« Er zeigte auf das Becken.

Frau de Vries hatte in der Küche den Tisch gedeckt und zu seiner Freude erblickte Jasper Krintstuut und Butter. Dieses Rosinenbrot aß er für sein Leben gern und konnte nie genug davon bekommen.

Zum ersten Mal seit Monaten dachte er nicht ununterbrochen an den Angreifer. Die Idylle und Heimeligkeit in der Küche der Nachbarn hatte etwas Tröstendes.

Flink bestrich Frau de Vries zwei Rosinenbrotscheiben und schob sie Jasper auf den Teller. »Lass es dir schmecken.«

Herzhaft biss der Junge in die Köstlichkeit.

»Was macht denn deine Mutter?«, nuschelte Jan de Vries. »Ich habe sie lange nicht gesehen.« Er schlug sich plötzlich mit der flachen Hand an die Stirn. »Ich Blödmann, ich muss ja anders fragen. Geht es deiner Mutter gut?«

Jasper nickte und legte die Brotscheibe auf seinen Teller. Da war es wieder, das beklemmende Gefühl, welches vom Magen bis zu seinem Hals kroch. Daran hatte er noch gar nicht gedacht. War es möglich, dass der Angreifer annahm, dass er alles seiner Mutter erzählt hatte? Und auch wenn sein Verfolger inzwischen mitbekommen hatte, dass er mit keinem Menschen mehr sprach, konnte der Angreifer ja denken, dass er alles aufgeschrieben und seiner Mutter zum Lesen gegeben hatte. Dann musste er ja auch Angst haben, dass sie etwas ausplauderte.

Urplötzlich sprang Jasper auf, stieß seinen Stuhl nach hinten und lief aus dem Haus der Nachbarn. Es war sicher am besten, wenn er verschwinden würde. Der Angreifer würde nach ihm suchen und seine Mutter wäre sicher vor dem Mörder seines Vaters.

Er stürmte an seiner Mutter vorbei, die gerade das Haus betreten wollte, lief nach oben in sein Zimmer, riss seinen Rucksack vom Haken und warf wahllos einige Kleidungsstücke hinein. Er verstaute das Gepäckstück unter seinem Bett. Heute Nacht, nahm er sich vor, wenn seine Mutter schlief, würde er aus dem Haus schleichen und ein für alle Mal verschwinden.

15. Kapitel

»Wir haben jetzt Hochsaison«, erzählte Holger Wehmann und stapelte ein paar Ostfriesenkrimis auf den Tisch vor seinem Tresen. »Die Leute lieben es, wenn sie nachlesen können, welche menschlichen Abscheulichkeiten sich hier in der Idylle abspielen.« Er lachte. »Das ist aber alles nur Fiktion.«

»Zum Glück.« Janneke sah sich die verschiedenartigen Buchcover der Krimis an. »Wahrscheinlich ist gerade der Gegensatz von Verbrechen und der schönen Landschaft für die Leser reizvoll.«

»Da haben Sie recht«, bestätigte der Ladenbesitzer und wandte sich zwei neuen Kunden zu, die gerade den Laden betreten hatten.

Janneke schob den Riemen ihrer Tasche über ihre Schulter und verließ die Alte Müllerei. Die grüne Mühle, eine der beiden Zwillingsmühlen, an deren Fuß man die Leiche von Heiko Oltmanns gefunden hatte, war im Moment umlagert von Feriengästen, die dem Fremdenführer lauschten, der ihnen die geschichtlichen Gegebenheiten des Fischerdörfchens Greetsiel näherbrachte.

Warum nur hatte man den Firmeninhaber erstochen?, grübelte Janneke zum wiederholten Male. Einige Dinge über die Familie Oltmanns hatte sie ja erfahren und sie wusste, dass dort auch nicht immer alles eitel Sonnenschein war.

Sie dachte an ihr Gespräch mit der jungen Angestellten Mareike Jessen, die das Alibi von Harm Oltmanns in gutem Glauben bestätigt hatte. Auch Kommissar Steenhuis war nach Jannekes Anruf überrascht von der aktuellen Entwicklung und wollte sich noch einmal mit der jungen Frau unterhalten.

Langsam schlendernd bewegte sich die Autorin Richtung Hafen, mit der Absicht, an einem ruhigen Ort über ihr neues Projekt nachzudenken. Sie musste sich dringend darüber klar werden, wie sie ihre Ideen möglichst effektvoll in ihr Drehbuch einbinden konnte.

Aber sosehr sie sich auch bemühte, ihre Gedanken auf die Arbeit zu lenken, schob sich immer Jasper in ihre Gedanken.

Das Klingeln ihres Telefons ließ sie zusammenzucken. Hektisch wühlte sie in den Tiefen ihrer Tasche, bis sie endlich das Handy fand. Es war Hinrich. »Moin. Alles klar bei euch?«

Ihr Onkel lachte. »Klar, bis auf meinen gebrochenen Finger ist alles super in Ordnung.«

»Was?«, stieß Janneke überrascht aus. »Wie hast du das denn schon wieder angestellt?«

»Ich bin gefallen. Du weißt doch, vor dem Schuppen der olle Stein, der immer so hochsteht. Ich war in Eile und dann …« Hinrich lachte wieder. »Wie einen alten Kartoffelsack hat es mich hingehauen.«

»Mensch, man kann dich aber auch nicht alleine lassen.« Janneke kannte ihren Onkel, der immer möglichst alles auf einmal machen wollte. »Soll ich nach Hause kommen? Du kommst doch gar nicht zurecht.«

»Nee«, wehrte er ab. »Ich gehe mittags zu Elsie und Jan zum Essen und ein Brot machen kann ich mir ja alleine. Nee, das tut nicht nötig, dass du kommst. Du hast ja deine Arbeit. Und außerdem bin ich beschäftigt.«

»Mit was denn? Apfelkuchen backen?«

»Nee, das neue Telefon. Ich versuche die ganze Zeit, das Ding zu installieren.«

»Aber du telefonierst doch gerade«, wunderte sich Janneke.

»Ja, das ist das alte Telefon. Da ist doch der Akku kaputt. Aber mit dem neuen klappt das immer nicht«, schimpfte Hinrich. »Jedes Mal muss ich mit der Programmierung von vorne beginnen.«

»Wenn es nicht klappt, frag mal Jan, der kennt sich doch damit aus«, empfahl Janneke.

»Mach dir keine Sorgen. Mir geht es ansonsten super. Ein Schnapsglas kann ich noch festhalten, so viel Kraft habe ich auf alle Fälle.« Er lachte jetzt schallend und ermahnte sie noch mal, nicht so viel Geld in den Modeboutiquen zu lassen.

Von vorne beginnen, hatte Hinrich gesagt, überlegte Janneke, während sie ihr Telefon verstaute. Das ist eigentlich wahr, stimmte sie in Gedanken ihrem Onkel zu. Man sollte, wenn man nicht zu einem befriedigenden Ergebnis kam, immer zum Anfang zurückgehen. Galt das nicht auch für die Aufklärung eines Verbrechens? Auch im Fall des Ermordeten musste sie demnach an den Anfang zurückgehen. Viele Dinge waren noch ungeklärt. Wer war Heiko Oltmanns? Was hatte er gemacht in der Zeit, wenn er mit seinem Fahrrad auf Tour war? Wer konnte ein Interesse haben, ihn zu töten? War es jemand aus der Familie? Vielleicht Rolf, der Ehemann von Gesas Schwester. Immerhin hatte er sich Geld bei dem Opfer geliehen. Oder Harm Oltmanns? Er hatte nach jetzigem Wissensstand kein Alibi. Sein Bruder Bruno kam wohl nicht infrage. Der war tatsächlich bis morgens um zwei Uhr bei dem Treffen der Fischergilde im Friesenkrug. Das hatten mehrere Zeugen einstimmig bestätigt. Dann war da noch die inzwischen verstorbene Schwester Ida. Ob sie einen Grund hatte, ihren Bruder zu töten? Oder hatte sie sich, wenn sie nicht selbst Hand angelegt hatte, einer anderen Person bedient? Janneke konnte sich auch beim besten Willen nicht vorstellen, dass eine vornehme Ida Bölter eine Lederjacke tragen würde.

Das waren alles Fragen, die Heiko Oltmanns' Witwe eventuell beantworten konnte. Zielstrebig lief Janneke zu Gesas Haus und klingelte. Sie hoffte, dass sich Jaspers Mutter über einen Besuch freuen würde.

Die Tür öffnete sich und Babette Evert stand vor ihr. »Gut, dass Sie kommen. Jasper ist weg. Einfach verschwunden. Wir sind alle total fertig. Hoffentlich ist ihm nichts passiert.« Sie zog die verdutzte Janneke ins Haus.

***

»Ich hoffe, dass wir den Jungen lebend finden«, sagte Henning Kuhl besorgt und zog den Zündschlüssel ab. Die beiden Ermittler waren gerade in Greetsiel eingetroffen und parkten auf dem Parkplatz am Ortseingang. »Ich frage schnell mal bei den Kollegen nach, ob es schon etwas Neues gibt.« Er schob seine Brille nach oben und wählte eine Telefonnummer auf seinem Handy. »Moin, Kuhl hier. Habt ihr schon was gefunden?«

Er hörte aufmerksam zu und nickte mehrmals. »Am Hafen habt ihr keine Hinweise ...« Der junge Kommissar stockte. »Also nichts? Wir sind jetzt hier in Greetsiel und ... Okay, wir treffen uns am Hafen.«

Kommissar Steenhuis saß neben seinem Kollegen auf dem Beifahrersitz des Dienstwagens und hatte den Kopf zurückgelehnt. »Ich dachte ja zuerst, dass es sich wieder um die Aktion eines Ausreißers handelt, aber jetzt bin ich anderer Ansicht.«

Kuhl schob das Telefon in seine Jackentasche. »Ich denke inzwischen auch, dass dem Kind etwas zugestoßen ist. Wir haben jetzt eine groß angelegte Suchmaßnahme eingeleitet. Die Bundespolizei sucht mit Unterstützung der örtlichen Feuerwehr das gesamte Gelände ab. Die Kollegen befragen die Nachbarschaft der Familie Oltmanns. Außerdem sind sie mit Suchhunden unterwegs. Mehr können wir zurzeit nicht tun. Jetzt heißt es abwarten.«

Steenhuis seufzte. »Viele der vermissten Kinder tauchen ja schnell und unversehrt wieder auf, aber in diesem Fall habe ich kein gutes Gefühl. Immerhin ist der Vater des Jungen ermordet worden.«

»Komm, lass uns gehen«, forderte Kuhl seinen Kollegen auf. Die beiden Männer stiegen aus dem Wagen. Steenhuis lehnte sich gegen die Motorhaube und atmete tief durch. »Bis jetzt ist es mir fast immer gelungen, den nötigen Abstand zu unseren Fällen zu wahren.«

»Was auch bitter nötig ist, sonst könnten wir ja keine Nacht ruhig schlafen«, bestätigte sein junger Kollege.

»Aber wenn es sich um Kinder handelt«, fuhr Steenhuis fort, »geht das nicht so leicht. Es ist eben immer noch etwas heftiger, wenn man eine Kinderleiche findet.«

»Du denkst an den Fall in Carolinensiel vor vier Jahren?«
Steenhuis nickte. »Ja, noch heute grübele ich darüber nach, ob wir die Tötung des kleinen Mädchens hätten verhindern können.«
»Ich denke, dass es uns damals nicht möglich war, die Entwicklung des Falles vorauszusehen.«
»Ja, wer hätte auch ahnen können, dass der eigene Vater der Entführer war und der, als er in Panik geriet, seine eigene Tochter vergiftet hat.«
»Und nur, weil er von seinem reichen Schwiegervater Geld erpressen wollte«, ergänzte Kuhl. »Widerwärtig ist das manchmal.« Er stieß Steenhuis am Arm an. »Komm jetzt, wir müssen los.«
Der Kommissar nickte und folgte seinem jungen Kollegen, der eilig vor ihm herlief.
Sie waren fast am Hafen angekommen, als Kuhls Telefon klingelte. »Kuhl?«
Steenhuis sah, wie sein Kollege blass wurde. »Ist in Ordnung. Wir sind gleich da«, sagte Henning Kuhl mit belegter Stimme und legte auf.
»Was ist?«
Kuhl räusperte sich. »Sie haben eben Jaspers Rucksack im Gebüsch gefunden.«
»Mist«, rief Steenhuis und beschleunigte seine Schritte.

***

In ungewohnter Schnelligkeit eilte Babette Evert vor Janneke her in die Küche, in der die Schwestern Gesa und Linda saßen. Neben dem Küchensofa stand der Kinderwagen mit Lindas schlafender Tochter.
Gesa sprang auf, als sie die junge Frau sah, und fing sofort an zu weinen. »Er ist weg. Ich habe keine Ahnung, wo er hin ist.«
Vorsichtig geleitete Janneke die fassungslose Frau zum Küchentisch und schob sie auf einen Stuhl.

»Frau Hoogestraat«, Babette hatte sich ebenfalls gesetzt und wischte sich mit einem zerknüllten Papiertaschentuch ihre Augen trocken. »Setzen Sie sich doch.«

Janneke brauchte einen Moment, bis sie die Situation einordnen konnte. »Seit wann ist Jasper denn verschwunden?«

Gesa zuckte mit den Schultern. »Genau weiß ich es nicht, aber ich denke, er muss heute Nacht weggegangen sein. Gestern Abend, als ich schlafen ging, lag er in seinem Bett und schlief.«

»Und Sie haben nichts gehört?«, wollte Janneke wissen.

Jaspers Mutter schüttelte den Kopf.

»Er hat nur ein paar Kleidungsstücke mitgenommen«, informierte Linda. »Gesa sagt, sein Rucksack fehlt.«

»Also können wir davon ausgehen, dass er von sich aus weggelaufen ist«, überlegte Janneke. »Haben Sie die Polizei schon verständigt?«

Babette nickte. »Das hat Gesa gleich heute Morgen gemacht. Es waren ein paar Beamte hier und haben alles aufgenommen.«

»Ich habe ihnen auch ein Bild von Jasper gegeben.« Frau Oltmanns trank einen Schluck Wasser, welches ihre Tante hingestellt hatte.

»Haben Sie auch mit der Lehrerin gesprochen?«, wollte Janneke wissen. »Vielleicht gab es in der Schule Ärger und das ist der Grund, warum er weggelaufen ist?«

Linda schob den Kinderwagen ein wenig in die Ecke. »Ja, Gesa und ich waren heute Morgen schon in der Schule. Aber Jaspers Klassenlehrerin weiß auch nichts. Sie kennt auch keinen Grund, warum Jasper fortlaufen sollte.«

»Ich kann doch nicht hier rumsitzen und nichts tun«, weinte Gesa und sah zur Uhr. »Jetzt ist es schon fast Mittag und ich weiß immer noch nicht, wo Jasper ist.«

»Vielleicht sollten wir noch mal bei der Polizei nachfragen?«, schlug Janneke vor. »Wenn Sie möchten, erkundige ich mich mal.«

»Das wäre ganz lieb von Ihnen«, bedankte sich Jaspers Mutter.

Janneke fischte ihr Handy aus der Tasche. »Ich geh mal nach nebenan. Dort kann ich ungestört telefonieren.«

»Gleich rechts um die Ecke ist das Wohnzimmer«, meinte Linda und nahm ihre schreiende Tochter aus dem Kinderwagen.

Janneke schloss die Wohnzimmertür und wählte Steenhuis' Nummer.

»Moin, hier ist Janneke Hoogestraat«, sagte sie, als der Kommissar sich meldete. »Sie haben sicher schon gehört …«

»Ja, wir suchen mit Hochdruck nach dem Jungen.« Steenhuis klang besorgt. »Ich werde das Gefühl nicht los, dass der Tod des Vaters mit dem Verschwinden des Jungen etwas zu tun hat.«

»Jaspers Mutter hat gesagt, dass ihr Sohn ein paar Kleidungsstücke und einen Rucksack mitgenommen hat«, überlegte Janneke. »Also sieht es doch so aus, dass er freiwillig auf und davon ist.«

Steenhuis zögerte kurz. »Ganz so einfach ist es nicht«, äußerte er sich dann. »Wir haben vor einer Stunde den Rucksack des Jungen in einem Gebüsch gefunden.«

***

Als Janneke die Küche betrat, sahen sie die Frauen erwartungsvoll an. Sie bemühte sich, den Schreck zu verbergen, der ihr nach Steenhuis' Nachricht in die Knochen gefahren war.

Der Kommissar hatte sie gebeten, noch nichts von dem Fund zu erwähnen, da es noch einige Sachen zu klären galt und man erst später abschließend eine Beurteilung der Sachlage abgeben könne.

»Was hat er gesagt?«, flüsterte Jaspers Mutter.

»Im Moment nichts Neues, aber sie arbeiten mit Hochdruck daran, das Verschwinden von Jasper aufzuklären.« Janneke hatte ein schlechtes Gewissen, die Frau so zu belügen. »Frau

Oltmanns, hat Jasper vielleicht einen Lieblingsplatz oder ein Versteck, wo er hingegangen sein könnte?«

»Ich weiß nicht«, stammelte die Witwe. »Er ist früher oft mit seinem Vater unterwegs gewesen. Sie sind mit dem Fahrrad am Deich entlanggefahren oder bis zum Pilsumer Leuchtturm gelaufen.«

»Haben die beiden sich gut verstanden?«, fragte Janneke weiter.

Linda klopfte ihrer kleinen Tochter liebevoll auf den Rücken. »Heiko war ein Traum von einem Vater. Nicht so wie Rolf, der sich durch das Kind nur gestört fühlt.«

»So schlimm kann das doch nicht sein«, versuchte Babette, die Worte ihrer Nichte zu mildern. »Er hat sich das Kind doch auch gewünscht?«

Linda schüttelte unmerklich den Kopf.

»Ich weiß gar nicht, wie Ihr Mann ausgesehen hat«, versuchte Janneke, das Thema zu wechseln. »Haben Sie eventuell ein Bild von ihm? Oder eins, wo er mit Jasper drauf ist?«

Gesa lief ins Wohnzimmer, kam mit einem Fotoalbum zurück und schlug es auf. »Hier, das ist Heiko.« Sie zeigte auf ein Foto, welches einen hochgewachsenen, recht gut aussehenden Mann Anfang vierzig zeigte. Er trug ein weißes Hemd und eine Jeans.

»Das haben wir ungefähr eine Woche vor Heikos Tod aufgenommen. Ich hatte eine neue Digitalkamera gekauft und wollte die ausprobieren. Heiko hat sich nur widerwillig fotografieren lassen.«

Babette hatte sich ebenfalls über das Album gebeugt. »Er hat sich aber schick gemacht. So fein angezogen habe ich ihn noch nie gesehen.«

Gesa nickte. »Er hatte auf einmal sehr viel mehr Wert auf sein Äußeres gelegt. Oben im Schrank hängt noch viel von der neuen Kleidung, die sich Heiko in den letzten Wochen vor seinem Tod angeschafft hatte.«

»Ich habe ja nicht so viel Ahnung, aber die Hose sieht teuer aus«, meinte Babette und setzte sich wieder.

Linda legte ihr Kind wieder in den Kinderwagen und trat hinter ihre Schwester. »Die Hose und das Hemd haben sicher einiges gekostet.«

»Heikos Gehalt aus der Firma war nicht gerade mickrig und er war sehr sparsam … früher war er sparsam. Das war auch so etwas, was mir aufgefallen ist. Plötzlich sah er das alles nicht mehr so eng. Er hat ja sogar Rolf Geld geliehen.«

»Du hast ihr das erzählt mit dem Geld?«, fragte Frau Evert und sah Linda an.

Linda nickte. »Ich kann doch keine Geheimnisse vor meiner Schwester haben. Rolf wird Gesa das Geld sicher zurückzahlen.«

»Aber das hat ja Zeit«, bemerkte Gesa und blätterte im Fotoalbum weiter. »Hier ist das Bild von Jasper mit seinem Rucksack. So ein ähnliches habe ich der Polizei heute Morgen mitgegeben.« Behutsam schloss sie das Fotoalbum und schob es ein wenig von sich weg.

»Wie hat sich denn ihr Mann mit seinen Brüdern verstanden? Gab es da häufig Streit?«, wollte Janneke wissen.

»Eigentlich nein und auch wieder ja«, erzählte die Witwe. »Sie haben oft diskutiert, wie es in der Firma weitergehen sollte. Der eine wollte so und der andere wieder anders. Heiko stand oft dazwischen.«

»Und Ida, die dumme Pute, hat auch noch ihren Senf dazugegeben«, bemerkte Babette bissig.

»Sie ist jetzt tot«, beschwichtigte Gesa. »Sie war sicher auch nicht glücklich, sonst hätte sie ja keine Tabletten geschluckt.«

»Wie ihr meint«, stöhnte Babette. »Ich muss nach Hause. Meine Beine sind so dick wie ein Weinfass. Ihr ruft mich aber sofort an, wenn ihr etwas von der Polizei hört.«

»Frau Evert, ich kann Sie ein Stück begleiten«, bot Janneke an. »Wir haben ja fast den gleichen Weg.«

»Das ist lieb von Ihnen«, bedankte sich die ältere Frau und verabschiedete sich von ihren Nichten.

Janneke und Frau Evert waren schon ein gutes Stück des Weges gegangen, als die Rentnerin stehen blieb. »Frau Hoogestraat. Sie haben meiner Nichte nicht die Wahrheit gesagt.«

»Welche Wahrheit?«, fragte Janneke, obwohl sie genau wusste, was Babette meinte.

»Ihr Anruf bei der Polizei vorhin.« Frau Evert sah die junge Frau streng an. »Sagen Sie mir die Wahrheit. Ich bin eine alte Frau und kann das vertragen.«

»Sie haben recht. Man hat Jaspers Rucksack gefunden«, musste Janneke zugeben. »Der Kommissar hielt es für besser, dass ich diese Tatsache noch nicht erwähne.«

»Hoffentlich ist dem Jungen nichts passiert«, flüsterte die Rentnerin und schlug beide Hände vors Gesicht.

16. Kapitel

Seine Mutter war früh schlafen gegangen. Trotzdem wartete Jasper noch eine Stunde, bevor er sich anzog, seinen gepackten Rucksack unter dem Bett hervorholte und leise die Treppe herunterschlich.

Kurz überlegte er, ob er ihr eine Nachricht hinterlassen sollte, verwarf den Gedanken aber wieder. Es war das Beste, er würde einfach so verschwinden.

Jasper öffnete die Haustür leise und spähte nach draußen. Der alte Mann aus der Nachbarschaft war mit seinem Hund schon wieder auf dem Weg nach Hause. Laut scheppernd ließ er kurze Zeit später sein Gartentor zufallen.

Behutsam zog der Junge die Tür seines Elternhauses ins Schloss und sah sich unsicher um. Er war jetzt zwar auf dem besten Weg von zu Hause weggelaufen, aber einen Plan, wohin er gehen könnte, hatte er nicht.

Er schulterte seinen Rucksack, lief zögerlich den kleinen Weg am Hafen entlang und blieb unschlüssig an der Kreuzung stehen. Der Ort war wie ausgestorben, alle schienen zu schlafen.

Jasper hatte gerade in Erwägung gezogen, auf einem der Kutter, die ruhig und einladend im Hafen lagen, zu übernachten, als er im Dunkeln die Vorderfront eines großen weißen Autos wahrnahm, welches in einer Seitenstraße parkte. Die Tatsache, dass niemand im Ortskern von Greetsiel mit dem Auto fahren durfte, ließ sein Herz voller Angst höherschlagen. Könnte es sein, dass sein Verfolger auf ihn gewartet hatte? Jasper drückte sich fest an die Hauswand, lugte vorsichtig um die Ecke und erkannte das Auto seines Verfolgers. Die kleine amerikanische Flagge am Seitenspiegel hing schlaff herunter.

In Panik sprang Jasper zwei Schritte zurück und schloss die Augen. Stand er vielleicht jede Nacht da? Das konnte aber nicht sein, denn das wäre den Anwohnern, die auf die Einhaltung des Fahrverbotes achteten, aufgefallen.

Er hörte eine Autotür klappern, dann ein paar Schritte. Das laute Geräusch von Absätzen klang in Jaspers Ohren wie Peitschenhiebe.

Ein Schatten bewegte sich auf ihn zu. Sofort drehte sich Jasper um und rannte los. Nicht nach hinten sehen, nicht anhalten, hämmerte es in seinem Kopf. Im Laufen ließ er den Rucksack von seinen Schultern gleiten und warf ihn in ein Gebüsch. Wohin … nach Hause? Er hatte keinen Haustürschlüssel. Es würde ewig dauern, bis er seine Mutter geweckt hätte, und da würde der Mann als Erstes nach ihm suchen. Der Junge lief weiter, immer weiter. Die Schule … er war ganz in ihrer Nähe. Vielleicht war eine Tür offen? Die leere Hausmeisterwohnung, ja, das konnte gehen. Jasper wusste, dass der Schlüssel für die Hintertür der Wohnung hinter einem dicken Holzbalken an einem verrosteten Nagel hing. Laufen, immer weiterlaufen, motivierte er sich selbst und konnte vor Angst kaum atmen. Die Schule, die Tür der Hausmeisterwohnung … Er reckte sich und griff nach dem Schlüssel. Obwohl er sehr aufgeregt war, gelang es ihm sofort, den Schlüssel ins Schloss zu schieben und den Eingang zu öffnen. Mit einem Satz sprang er hinein, steckte den Schlüssel von innen ins Schloss und drehte zweimal herum. Erschöpft ließ er sich zu Boden gleiten und starrte in die Dunkelheit.

17. Kapitel

Mit beiden Händen stieß Janneke einen Tag später die Tür der Frühstückspension *Dünenrose* auf, sah sich kurz um und betrat die Veranda. Steenhuis und sein Kollege Kuhl saßen noch beim Frühstück und unterhielten sich leise. »Moin die Herren«, begrüßte Janneke die beiden Ermittler.

»Moin, da sind Sie ja schon«, hob Steenhuis den Kopf. »Meinen Kollegen Kuhl kennen Sie ja auch von früher?«

»Stimmt.« Sie nickte.

Der Kommissar zog einen der freien Stühle unter dem Tisch hervor. »Setzen Sie sich doch bitte.«

Janneke kam der Bitte nach, setzte sich und schob ihre Tasche unter den Tisch. Abwartend saß sie da und sah die beiden Männer an. »Danke, dass Sie mir Bescheid gesagt haben.«

Steenhuis klopfte heftig auf sein Frühstücksei. »Es war mir ein Bedürfnis«, schmunzelte er.

Kuhl hob die Teekanne hoch, die auf einem Stövchen stand. »Mögen Sie eine Tasse Tee, Frau Hoogestraat?«

»Gerne.«

Der junge Polizist füllte eine Tasse mit Tee und reichte sie Janneke. »Mir wäre jetzt ein kühles Getränk lieber. Ich schwitze mich noch tot.«

»Ja, das ist ein ganz schön heißer Sommer«, bestätigte sie und gab ein wenig Teesahne in ihren Tee.

»Sie waren doch gestern bei Frau Oltmanns, als Sie mich angerufen haben?«, wollte Steenhuis wissen.

»Ja, ich war zufällig da. Ich hatte mir vorgenommen, mich ein bisschen nach ihrem Mann zu erkundigen. Was er so gemacht hat, welche Hobbys er hatte und solche Dinge«, erzählte Janneke. »Dass Sie den Rucksack gefunden haben, habe ich ihr verschwiegen.«

»Wir waren heute Morgen schon bei ihr«, unterrichtete Henning Kuhl die junge Ostfriesin. »Sie ist natürlich total am Boden zerstört.«

»Das kann ich mir vorstellen. Gibt es denn schon eine Spur von dem Jungen?«

Steenhuis schüttelte den Kopf. »Der Fund des Rucksacks lässt nichts Gutes vermuten. Es scheint so, als ob der Junge freiwillig das Haus verlassen hat. Aber was danach passiert ist, bleibt nach wie vor ein Rätsel.«

»Und wie kommen Sie im Fall Heiko Oltmanns voran?«

»Stillstand, nichts als Stillstand«, stöhnte der Kommissar. »Harm Oltmanns behauptet immer noch, die Nacht in Mareike Jessens Wohnung verbracht zu haben, was die junge Frau nicht mit hundertprozentiger Sicherheit bestätigen kann. Was Bruno Oltmanns' Alibi betrifft, können wir uns entspannen. Er war zu Hause, dies hat uns die Ehefrau noch einmal glaubhaft versichert.« Er griff zu einem Croissant, welches noch im Brotkorb lag. »Ich weiß nicht«, jammerte er, »sobald ich woanders als zu Hause bin, könnte ich den ganzen Tag essen.«

Kuhl lachte. »Das kommt wahrscheinlich daher, dass dein Gehirn der Meinung ist, du wärst im Urlaub.«

Steenhuis tippte sich kurz an die Stirn. »Du hast Ideen.«

Janneke hatte dem Geplänkel der beiden Männer zugehört. »Wie ist das denn mit der verstorbenen Ida Bölter? Sie gehörte ja auch zu den Firmeninhabern. Könnte es nicht möglich sein, dass sie ein Motiv hatte, ihren Bruder zu töten?«

»Diesen Gedanken hatte ich auch schon, obwohl ich mir nicht vorstellen kann, dass eine Frau über sechzig sich einen Dolch besorgt, um den eigenen Bruder zu erstechen.«

Kuhl hob die Hand. »Frauen bevorzugen im Übrigen Gift. Das ist statistisch erwiesen.«

»Mein Lieber, statistisch gesehen besitze ich einen dunkelblauen Kombi, habe zwei Kinder und fahre jedes Jahr in den Urlaub nach Spanien.« Der Kommissar winkte ab. »Auf Statistiken können wir uns nicht verlassen.«

Die Pensionswirtin kam an den Tisch. »Alles in Ordnung, meine Herren?«

Steenhuis und Kuhl nickten.

»Und Sie, junge Frau, kann ich etwas für Sie tun?«

»Nein«, antwortete Janneke freundlich. »Ich werde gleich aufbrechen. Es gibt noch eine Menge zu tun.«

Die Hausherrin entfernte sich.

»Müssen Sie jetzt los?« Steenhuis faltete sorgfältig seine Serviette zusammen und legte sie unter das Messer auf seinen Teller.

»Nicht unbedingt sofort«, teilte Janneke ihm mit. »Wieso fragen Sie?«

»Es ist so: Mein Kollege muss zurück nach Norden und ich habe einen Termin mit dem Ehemann der verstorbenen Frau Bölter. Der Vollständigkeit halber möchte ich mit ihm noch über seine Frau sprechen. Mal sehen, ob sich da noch Anhaltspunkte ergeben. Da Sie sich ja sehr für den Fall interessieren, können Sie mich begleiten, wenngleich das nicht korrekt ist.«

»Ich verrate das niemandem«, bekräftigte Kuhl. »Ich bin schon so gut wie weg.« Er stand auf, winkte noch kurz und ging weg.

»Bekommen Sie keinen Ärger, wenn Sie mich mitnehmen? Sie haben doch gesagt, Sie haben einen neuen Chef, der sehr streng ist.«

Steenhuis zuckte mit den Schultern. »Was heißt Ärger? Mein Chef ist seit Montag zur Kur und Kuhl hält die Klappe. Also alles im Lot.«

»Na dann«, freute sich Janneke und holte ihre Tasche unter dem Tisch hervor.

***

Matze Bölter öffnete erst nach mehrmaligem Klingeln. Verschlafen sah er Steenhuis und Janneke an. »Moin. Was ist los?«

»Wir hatten einen Termin, Herr Bölter«, half ihm der Kommissar auf die Sprünge. »Heute Morgen um elf Uhr. Sie erinnern sich?«

Umständlich kratzte sich der Musiker am Kopf. »Ja, stimmt. Hatte ich vergessen.« Er trat zwei Schritte zurück. »Kommen Sie rein.«

Das gesamte Haus lag im Dunklen und es roch ungelüftet. Kalter Zigarettenrauch schlug den beiden Besuchern entgegen.

Bölter, bekleidet mit einem verwaschenen Shirt und einer karierten Baumwollhose, lief voran ins Wohnzimmer und nahm eine Fernbedienung vom Tisch. Er richtete sie zum Fenster aus und wie von Geisterhand öffneten sich mit einem leichten Surren alle Rollläden. Janneke sah sich verstohlen um. Überall lagen leere Pizzakartons, standen schmutzige Gläser und mehrere leere Flaschen herum. Es sah aus, als hätte hier eine Horde Jugendlicher ihre bestandene Prüfung gefeiert.

»Sie müssen schon verzeihen, wie es hier aussieht. Wir haben ein bisschen gefeiert.« Bölter bückte sich und schob zwei der Kartons ineinander. »Seit meine Frau tot ist und die Haushälterin nicht mehr kommt … Na ja, Sie sehen ja.«

Mit ein paar schnellen Handgriffen hatte er ein paar Kleidungsstücke von den Sesseln entfernt. »Bitte setzen Sie sich.«

»Danke.« Steenhuis setzte sich auf einen der Plüschsessel. Janneke nahm auf dem Sofa Platz.

»Entschuldigen Sie«, nuschelte der Witwer, nahm einen prall gefüllten Aschenbecher vom Tisch und öffnete eine der Terrassentüren. Den Aschenbecher stellte er draußen auf den Boden.

»Was wollen Sie denn wissen?« Bölter setzte sich ebenfalls hin.

»Es geht noch mal um den Tod Ihres Schwagers Heiko Oltmanns«, begann der Kommissar. »Wissen Sie, dass der Sohn von Heiko Oltmanns verschwunden ist?«

Bölter zuckte mit den Schultern. »Gesa hat bei mir angerufen und gefragt, ob ich Jasper gesehen hätte.«

»Und, haben Sie?«

»Nein, habe ich nicht«, antwortete Bölter. »Sind Sie deshalb hier?«

»Nicht nur deshalb«, teilte Steenhuis dem Witwer mit. »Wie war das Verhältnis Ihrer verstorbenen Frau zu ihrem Bruder?«

Während Bölter seine Stirn in Falten zog und augenscheinlich nachdachte, sah sich Janneke weiter in dem Wohnzimmer um. Neben der Unordentlichkeit im gesamten Wohnbereich und der fingerdicken Staubschicht auf den Möbeln fiel ihr auf, dass einige Bilder von den Wänden fehlten. Sie erkannte dies an den dunklen Rändern auf der Tapete. Der Inhalt der Vitrine wies auch einige Lücken auf. Sie konnte sich noch gut daran erinnern, dass bei ihrem Besuch in diesem Haus anlässlich der Beerdigung viel mehr Porzellanfiguren in den Vitrinen gestanden hatten. Auch meinte sie, sich zu erinnern, dass hier mal ein dunkelroter Teppich mit orientalischen Ornamenten gelegen hatte. Jetzt blickte sie auf einen mausgrauen Teppichboden. In einer Zimmerecke standen mehrere gepackte Kartons, die mit Klebeband verschlossen waren.

»Also, soviel ich weiß, hat sich Ida mit ihrem Bruder gut verstanden«, beantwortete Bölter die Frage des Kommissars. »Sie ist hin und wieder in die Firma gegangen und hat mit ihren drei Brüdern gesprochen, aber eigentlich hat sie sich vorwiegend aus allem rausgehalten.«

»Sie wissen also nichts von einem Streit?« Steenhuis sah den Hausbewohner abwartend an.

»Tut mir leid, ich kann Ihnen da nicht weiterhelfen.«

Janneke räusperte sich. »Herr Bölter, ziehen Sie aus?«

»Ja, so langsam packe ich meine Sachen, ich gehe nach Spanien zurück. Dort kann ich wieder in meinem alten Job arbeiten.«

»Was machen Sie denn da?«, fragte sie weiter, obwohl sie bemerkt hatte, dass Bölter nicht gerne über sich selbst reden wollte.

»Ich arbeite in einem Hotel und mache da verschiedene Sachen.«

Steenhuis gab sich mit dieser ungenauen Antwort nicht zufrieden. »Zum Beispiel?«

»Ich plane Veranstaltungen für die Hotelgäste und arbeite als Diskjockey. Außerdem gehe ich hin und wieder dem Hausmeister zur Hand.«

»Gut, Herr Bölter«, beendete der Ermittler die Unterredung. »Sollten wir noch Fragen haben, hören Sie von uns. Wir wissen ja, wo wir Sie finden. Wann geht es los?«

»Wenn alles gut läuft, in drei Wochen«, brummte Bölter und eskortierte seine Besucher zur Haustür. Janneke bemerkte, dass der große Spiegel mit dem geschliffenen Glas und der Umrahmung aus Gold, der einmal dort hing, fehlte. Stattdessen zierten die Wand hässliche schwarze Ränder.

18. Kapitel

Mit gesenktem Kopf saß Rolf Busboom am Küchentisch seines Hauses in Pewsum und grübelte darüber nach, wie er jetzt weiter vorgehen sollte. Er hob kurz den Kopf und lauschte. Linda war im Nebenzimmer und kümmerte sich um die gemeinsame Tochter Mientje. Ich muss es ihr sagen, sinnierte er, es hat keinen Zweck, die Sache noch weiter hinauszuschieben. Seine Frau ahnte sicher schon, dass sich für sie etwas Grundlegendes ändern würde.

Er musste sich eingestehen, dass er im Laufe seiner Ehe nicht immer sehr fürsorglich gewesen war. Warum er sich nicht voll und ganz auf eine Beziehung mit Linda einlassen konnte, wusste er selbst nicht. Immer wieder hatte er damit gehadert, ein derart spießbürgerliches Leben zu führen. Auch wenn sie verheiratet waren, herrschte doch eine gewisse Distanz zwischen ihnen. Dann war da noch diese übertriebene Eifersucht seiner Frau, die ihm zu schaffen machte. Dabei war nie etwas geschehen, dessen er sich schämen müsste. Also fast nichts. Von seinen kleinen amourösen Abenteuern zwischendurch hatte Linda zum Glück nicht alles mitbekommen. Ohne diese Auszeiten wäre er erstickt in dem langweiligen, gut organisierten Leben in der Provinz.

Aber seit er Sandra näher kannte, hatte sich sein Blick auf das Leben verändert. Sie war so spontan, dem Leben so zugewandt. Nicht so wie Linda, die mit allem und jedem unzufrieden war.

Seine Freundin und er waren in derselben Firma beschäftigt. Die einzigen Berührungspunkte waren anfangs hin und wieder ein nettes Lächeln, ein gemeinsamer Kaffee mit Kollegen in der Mittagspause. Nach einem Wasserrohrbruch in der Firma, als alle Mitarbeiter gemeinsam versucht hatten, das Inventar vor der Nässe zu schützen, waren sie sich nähergekommen.

»Rolf, kannst du mal den Herd abstellen? Ich glaube, der Kuchen ist gar«, rief seine Frau und riss ihn aus seinen Gedanken. »Ich mache nur das Kind fertig.«

Er stand auf, drehte den Schalter des Backofens auf null und setzte sich wieder.

Sandra und er waren seit sieben Monaten ein Paar. Im Hinblick auf eine gemeinsame Zukunft hatte seine Freundin eine Doppelhaushälfte in Pilsum angemietet. Rolf hatte daraufhin seinen Schwager Heiko gebeten, ihm etwas Geld für die nötigsten Anschaffungen zu leihen.

»Für was brauchst du das Geld?«, hatte dieser ihn gefragt. Rolf hatte ein wenig herumgedruckst und ihm dann die Wahrheit gesagt. Heiko war keineswegs empört gewesen über seinen Plan, Linda und das Kind zu verlassen.

Im Gegenteil, sein Schwager hatte den Arm um ihn gelegt. »Manchmal muss man tun, was man für richtig hält. Man sollte sich nicht aufgeben und in den alten Fesseln sein Leben weiterleben. Träume sind dazu da, Realität zu werden. Auch wenn die Träume manchmal von heute auf morgen zerplatzen. Es lohnt sich immer, neue Wege zu suchen.«

Rolf hatte ihn verwundert angesehen, aber diese Weisheit nicht kommentiert. Bis heute hatte er nicht wirklich eine Ahnung, was Heiko damit gemeint haben könnte.

Linda kam in die Küche und holte den fertigen Kuchen aus dem Backrohr. »Ich glaube, wir müssen mal miteinander reden«, forderte sie und stellte die Backform auf der Spüle ab.

Rolf war überrascht und wusste im ersten Moment nicht, was er tun sollte, aber eine Aussprache schien unausweichlich. »Ich muss dir auch etwas sagen.«

Erwartungsvoll drehte Linda sich um und lehnte sich mit verschränkten Armen an den Küchenschrank. »Da bin ich aber mal gespannt«, giftete sie.

Unschlüssig stand Rolf auf und stellte sich direkt vor seine Frau. Seine Hände hatte er tief in seinen Taschen vergraben. »Es tut mir wirklich leid, aber ich werde heute noch ausziehen.«

Mit weit aufgerissenen Augen starrte die junge Mutter ihren Mann an. »Ich verstehe nicht ganz. Wieso ausziehen?«

Jetzt war es zu spät, einen Rückzieher zu machen. »Ich habe … Linda, ich werde noch einmal Vater. Sandra hat es mir heute Morgen gesagt. Versteh doch, was soll ich denn machen?«

Plötzlich drehte sich Linda herum, nahm die noch mit dem Küchenhandtuch umwickelte Kuchenform und schleuderte sie ins Spülbecken, wo der frisch gebackene Kuchen in viele Einzelteile zerfiel.

***

Janneke markierte eine ganze Seite ihres Manuskripts und löschte das Geschriebene. Irgendwie fiel es ihr schwer, sich zu konzentrieren. Frische Luft würde ihr eventuell helfen, den Kopf wieder klar zu kriegen.

Die ganze Zeit schwirrte ihr der Besuch bei dem Witwer Bölter im Kopf herum. Wie gepflegt hatte es im Haus von Ida Bölter ausgesehen, als die Hausherrin dort noch residierte. Jetzt, da sie nicht mehr eingreifen konnte, ließ der Mann alles verlottern. Es hatte den Anschein, dass er einen großen Teil des Inventars zu Geld gemacht hatte. Nach Jannekes Ansicht war der Mann im Begriff, alles zu verhökern, was nicht niet- und nagelfest war. Ob das im Sinne der Erben war, wusste sie nicht, konnte sich aber vorstellen, dass dies mit Sicherheit von der verstorbenen Ida Bölter nicht so geplant war.

Diese ganze verworrene Geschichte der Unternehmerfamilie hätte gut und gerne mehrere abendfüllende Filme füllen können. Da war sie sich absolut sicher.

Janneke klappte ihren Laptop zu, zog ihre Schuhe an und machte sich auf den Weg an die frische Luft. Sie winkte ihrem Vermieter, der im Laden gerade ein paar Gästen den Weg zum Hafen erklärte, kurz zu und verließ das Haus.

Vor der Tür stellte sie ihre Tasche auf den Boden und atmete ein paar Mal ganz tief durch. Ja, das tat gut. Und jetzt, überlegte sie, genehmige ich mir in Schoofs Mühlencafé ein anständiges Stück Torte. Zucker beruhigt die Nerven und spendet Elan, das sagte Hinrich immer. Janneke gab ihm in diesem Moment recht, obwohl sie im Grunde genommen nicht davon überzeugt war.

Kommissar Steenhuis hatte ihr versprochen, sie sofort zu benachrichtigen, wenn Jasper wieder auftauchen würde. Bis jetzt aber schwieg ihr Telefon. Nur zu gerne hätte sie gewusst, ob es Neuigkeiten gab.

Gesa Oltmanns wollte sie im Moment nicht damit behelligen. Die Arme war total fertig und Janneke wollte sie nicht zusätzlich belasten. Aber Babette Evert, ja, die könnte sie fragen. Die Rentnerin hatte bestimmt Kontakt mit ihrer Nichte. Kurzerhand bog Janneke in den Klaus-Störtebeker-Weg ein und klingelte an Babette Everts Haustür.

Zu ihrem Erstaunen öffnete Jaspers Mutter die Tür. »Kommen Sie«, murmelte sie, »wir sitzen alle in der Küche.«

Neben Babette Evert, die sie mit einem Kopfnicken begrüßte, saß Linda mit verheulten Augen am Tisch.

»Moin«, begrüßte Janneke die Frauen. »Ich wollte nicht stören.«

»Sie stören doch nicht. Setzen Sie sich doch.« Babette wies auf einen leeren Stuhl. »Sie wollen sicher nachfragen, ob wir etwas von Jasper gehört haben, aber wir wissen immer noch nichts.«

»Der Rucksack …«, stammelte Gesa, »sie haben den Rucksack gefunden.«

Janneke nickte. »Aber das muss nichts bedeuten. Vielleicht hat ihn Jasper weggeworfen?«

»Warum sollte er ihn wegwerfen? Erst sah es so aus, als sei er weggelaufen, aber jetzt? Er ist seit vorletzter Nacht verschwunden«, wandte Jaspers Mutter aufgebracht ein. »Ihm ist sicher etwas passiert.«

»Ach Kindchen«, versuchte Babette, ihre Nichte zu beruhigen. »Du wirst sehen, Jasper taucht gesund und munter wieder auf.«

Gesa legte beide Hände an ihre Schläfen. »Ich habe solche Kopfschmerzen.«

Babette machte eine Kopfbewegung Richtung Flur. »Im Bad sind Kopfschmerztabletten.«

Frau Evert schloss kurz die Augen, während ihre Nichte die Küche verließ. »Es bleibt uns aber nichts erspart«, jammerte sie und zeigte auf Linda, die mit versteinerter Miene auf ihre Hände blickte.

Janneke sah die ältere Frau fragend an.

»Ihr Mann ist gestern ausgezogen und hat sie mit dem Kind sitzen lassen«, schimpfte Frau Evert.

Gesa kam zurück, füllte ein Glas mit Wasser und nahm eine Kopfschmerztablette ein. »Hoffentlich wirkt sie schnell. Mein Kopf platzt gleich.«

Linda sah ihre Schwester an. »Auch wenn Rolf weg ist, bekommst du dein Geld. Schließlich gehört es dir ja.«

Gesa winkte ab. »Das ist jetzt unwichtig. Vielleicht kommt dein Mann ja wieder zurück?«

Ihre Schwester schüttelte den Kopf. »Das glaube ich nicht. Seine neue Flamme ist schwanger.«

»Ach Gottchen«, rief Babette, »das auch noch. Ist das etwas Ernstes?«

Linda zuckte kurz mit den Schultern. »Ich befürchte, er ist sehr entschlossen.«

»Weißt du denn, wo er in dieser Nacht war?« Gesa hatte sich ein nasses Küchenhandtuch auf die Stirn gelegt. »Ich meine in der Nacht, als Heiko gestorben ist und ich bei dir übernachtet habe?«

»Ich vermute mal, bei dieser Frau«, gab Linda Auskunft. »Ich habe ihn nicht mehr danach gefragt, weil ich befürchtete, dass er mich wieder anlügen würde. Und auf Lügen habe ich wirklich keine Lust mehr.« Verbittert kniff sie ihren Mund zusammen.

Wahrscheinlich ist Lindas Ehemann in diesem Fall nicht der Einzige, der die Unwahrheit sagt, argwöhnte Janneke. Sie nahm sich vor, noch heute Abend zu versuchen, Kommissar Steenhuis zu erreichen.

19. Kapitel

Nach seiner nächtlichen Begegnung mit dem Angreifer verbrachte Jasper den Rest der Nacht in der leeren Hausmeisterwohnung. Lange hatte er hinter der geschlossenen Haustür gesessen und nicht gewagt, sich zu bewegen.

In seinem Rucksack, den er in Panik ins Gebüsch geschleudert hatte, lag seine kleine gelbe Taschenlampe, die er jetzt sehr gut hätte gebrauchen können. Langsam schlich er durch den Flur der Wohnung und stieß die Tür zum Wohnzimmer auf. Da die Rollläden nur halb zugezogen waren, erhellte eine unmittelbar vor dem Haus stehende Laterne den ganzen Raum. Ein paar Kisten standen fertig gepackt in der Ecke, an den Fenstern hingen keine Gardinen mehr und ein Bücherschrank war fast vollständig leer geräumt. Es sah so aus, als hätte jemand die Wohnungsauflösung in Angriff genommen. Jasper legte sich auf das alte Sofa und schlief augenblicklich ein.

Am nächsten Morgen wurde er vom Geschrei der Schulkinder geweckt, die vor Unterrichtsbeginn auf dem Pausenhof herumtobten. Der Junge lugte vorsichtig durch das Küchenfenster nach draußen und sah seinen Schulkameraden zu, wie sie mit einem schlaffen Fußball kickten. Die Schulglocke schrillte und augenblicklich war der Hof leer.

Jasper verspürte unbändigen Durst. Das Wasser im Badezimmer kam rostbraun aus der Leitung und war ungenießbar. In der Küche fand er mehrere Tetrapaks mit Apfelsaft und anderthalb Schachteln Zwieback.

Nach einem kargen Frühstück setzte er sich mit einem Küchenstuhl ans Fenster im Wohnzimmer und beobachtete die Straße.

Alles, was er sah, waren Feriengäste, die mit einem Fotoapparat auf Motivsuche die Straßen entlangliefen, Mütter, die ihre Kinder in den Kindergarten brachten. Ein paar Einheimische erledigten ihre alltäglichen Besorgungen oder standen auf der Straße und klönten. Von dem Angreifer und dem weißen Auto war weit und breit nichts zu sehen.

Jasper hatte keinen Plan, was er tun sollte, und langweilte sich fürchterlich. Das Küchenradio schwieg, der Strom war schon abgestellt. Das hieße ja, dass er auch die nächste Nacht im Dunklen verbringen musste, stellte er fest. Aber dies war sicher ohnehin nötig, denn irgendwer hätte sich sicher gewundert, wenn in der leeren Wohnung auf einmal Licht gebrannt hätte.

Am späten Nachmittag, er war auf einem der Sessel eingeschlafen, hörte er die Haustür gehen. Schnell sprang er hinter das Sofa und duckte sich. Zwei Männer betraten das Zimmer. Der Junge lugte vorsichtig um die Ecke. Beide trugen graue Arbeitskittel und untersuchten gelangweilt den Bücherschrank.

»Ich glaube nicht, dass die Schrauben noch mal rausgehen. Die drehen bestimmt durch«, befürchtete der Dickere der beiden.

»Was soll's, wir werfen das ganze Ding, so wie es ist, einfach in den Container.« Der Kollege trug eine Brille, die er permanent mit seinem Zeigefinger nach oben schob.

»Und wie willst du das Teil nach draußen bringen, du Scherzkeks? Der Schrank ist sauschwer und durchs Fenster passt er auch nicht.« Der Dicke kratzte sich am Kopf. »Und jetzt sitzen wir hier mit der Scheiße. Irgendwie muss das Mistding hier raus.« Missmutig sah er auf das Möbelstück. »Wie viel Uhr ist es?«

Sein Kollege schob seinen Kittelärmel nach hinten. »Fast fünf Uhr. Meinst du, wenn wir eine halbe Stunde warten, wird der Schrank leichter?«, feixte er.

»Ich hau dir gleich eine aufs Maul«, grummelte der andere. »Es ist Zeit, abzuhauen und sich einen Lütten zu genehmigen. Heute wird das sowieso nix mehr.«

»Joo, haste recht.« Eilig folgte der Brillenträger seinem Kollegen.

Die kommen bestimmt morgen wieder, befürchtete Jasper. Er musste sich etwas einfallen lassen. Spätestens morgen früh war er hier nicht mehr sicher.

Er aß noch ein paar Zwiebacke und trank Apfelsaft dazu. Aus einer der gepackten Kisten des verstorbenen Hausmeisters kramte er eine Decke und legte sich hin. Augenblicklich schlief er ein.

***

»Firma Oltmanns, Küsten-Räucherei. Sie sprechen mit Frau Künzel. Moin, was kann ich für Sie tun?« Die Begrüßungsfloskel kam der Sekretärin mühelos und mit traumtänzerischer Sicherheit über die Lippen.

»Moin, hier spricht Volkers, Brigitte Volkers. Sehr gerne würde ich mit Herrn Oltmanns sprechen.«

»In welcher Angelegenheit?«, fragte die Angestellte geschäftig nach und rollte mit den Augen. Sie war müde und ihr Kopf war so dick wie eine Wassermelone. Geschieht dir ganz recht, Annemieke, schimpfte sie mit sich selbst. Warum war sie auch bis zum Schluss bei dem Elführtje zum fünfzigsten Geburtstag der Nachbarin geblieben? Sie wusste doch, dass die Ostfriesen es nie eilig hatten und diesen Frühschoppen auch mal gerne bis in den Abend ausdehnten.

»Es ist eine private Angelegenheit«, erklärte die ehemalige Haushaltshilfe von Frau Bölter. »Ich habe da etwas beobachtet und wollte es Herrn Oltmanns mitteilen.«

Annemieke stand auf und öffnete das Fenster. »Es tut mir leid, aber beide Herren sind außer Haus.« Sie atmete die frische Morgenluft ein. »Vielleicht kann ich Ihnen helfen?«, fragte sie neugierig nach, denn das Wort *beobachtet* hatte sie stutzig gemacht.

»Ja, ich weiß nicht so recht«, stammelte Frau Volkers. »Ich bin, nein, ich war die Hausangestellte von Frau Bölter.«

»Ach so, jetzt weiß ich. Ihr Name kam mir gleich so bekannt vor.«

»Meine Chefin ist ja nun tot und ich arbeite auch nicht mehr in diesem Haus«, erzählte Frau Volkers bereitwillig weiter. »Heute Morgen habe ich gemerkt, dass ich den Haustürschlüssel vom Haus meiner Chefin noch habe. Eigentlich wollte ich ihn in den Müll werfen, weil ich überhaupt keine Lust verspürt habe, dem Mann der Chefin zu begegnen.«

»Ach ja, der Musiker«, ergänzte Frau Künzel und rieb sich ihre rechte Schläfe.

»Eigentlich ein Plattenaufleger in einer Disko in Norden«, berichtigte Brigitte Volkers. »Der kann doch nix anderes.«

»Und was ist jetzt mit dem Schlüssel?«

Frau Volkers holte tief Luft. »Also wegwerfen wollte ich ihn dann doch nicht. Deshalb bin ich zu meiner ehemaligen Arbeitsstelle gefahren und wollte den Schlüssel dort in den Briefkasten werfen.«

Hoffentlich kommt sie bald zum Punkt, dachte die Sekretärin und hielt das Telefon ans andere Ohr. »Und dann?«

»Stellen Sie sich vor: Vor dem Haus stand ein Möbelwagen und ein paar Männer haben dort Sachen aus dem Haus verladen.«

»Was für Sachen?«

»Stühle, Tische, Vitrinen, Kommoden, alles antik und eine Menge wert. Meine Chefin hat das fast alles in Italien bei Antiquitätenhändlern gekauft. Sie können sich gar nicht vorstellen, was die Männer da alles herausgetragen haben.«

Annemieke Künzel war jetzt hellwach. »Das ist in der Tat merkwürdig. Erst vor zwei Tagen hat der Chef erzählt, dass es noch fast ein Jahr dauern würde, bis man das Haus seiner Schwester leer räumen und das Inventar verkaufen könnte. Das ist sehr bemerkenswert, was Sie da erzählen.«

»Das können Sie laut sagen«, pflichtete Frau Volkers der Sekretärin bei. »Ich habe dann fast anderthalb Stunden auf der gegenüberliegenden Straße hinter einem Jeep gestanden und alles beobachtet«, berichtete sie weiter. »Schließlich haben die

Männer den Lieferwagen zugemacht. Herr Bölter kam aus dem Haus und stieg in den Laster.«

»Wie im Krimi.«

»Ja, so kam ich mir auch vor. Ich bin dann ins Haus reingegangen.« Sie machte eine Pause. »Leer, alles leer. Nur noch die Badewanne und das andere Zeugs im Bad ist noch da. Ansonsten hatte er alles ausgeräumt, einschließlich der handgeschmiedeten Gardinenstangen, alles weg. Nur unten, wo er sich immer aufgehalten hat, hingen seine Klamotten noch rum. In seinem Studio steht auch noch sein ganzer Kram. Wenn der das ganze Inventar verkauft hat, kann er eine gute Weile davon leben.«

Mit einem lauten Stöhnen lehnte sich Annemieke Künzel zurück. »Wenn das die Chefs erfahren, brennt hier die Hütte. So eine Unverschämtheit. Da hat der doch alles ausgeräumt. Gut, dass Frau Bölter ihm nicht das Haus und ihr Bargeld vermacht hat.«

»Frau Bölter wird schon gewusst haben, warum sie so gehandelt hat.« Die Haushälterin sprach jetzt sehr leise. »Meine Chefin hat nie etwas ohne Hintergedanken gemacht. Und wissen Sie was? Den Schlüssel habe ich immer noch, weil ich ihn wieder in meine Tasche gesteckt habe.«

»Na, gut, dass Sie angerufen haben«, bedankte sich Frau Künzel bei der Anruferin. »Meine Chefs hätten ja sonst überhaupt nicht mitbekommen, was da läuft.«

»Und was mache ich jetzt mit dem Schlüssel?«

»Wenn es Ihnen nichts ausmacht, bringen Sie ihn doch hier im Büro vorbei. Ich leite ihn dann weiter.«

Das gibt sicher wieder ein Donnerwetter, befürchtete Annemieke. Sie löste sich eine Vitamintablette in einem Glas Wasser auf.

***

Zweimal hatte sie dem Kommissar eine Nachricht auf seiner Mailbox hinterlassen und um Rückruf gebeten.

Erst gegen neun Uhr abends meldete sich Steenhuis. »Entschuldigen Sie bitte, wir haben den ganzen Tag die Alibis noch einmal überprüft. Mein Handy hat keinen Ton von sich gegeben.«

»Vielleicht ist es kaputt?«

»Das befürchte ich auch. Haben Sie Neuigkeiten?«

Janneke setzte sich aufs Sofa und legte ihre Füße auf den Tisch. »Nein, eigentlich nichts. Ich war bei Babette Evert. Sie wissen ja, das ist die Tante von Gesa Oltmanns und Linda Busboom.«

»Ja, ich erinnere mich.«

»Frau Everts Nichte Linda war auch anwesend. Sie hat erzählt, dass sich ihr Mann von ihr getrennt hat. Rolf Busboom hat seinem Schwager Heiko Oltmanns Geld geschuldet. In der Mordnacht war er nicht zu Hause und auch nicht bei einer Veranstaltung in Hannover, wie er seiner Frau erzählt hat. Haben Sie sein Alibi auch überprüft?«

»Moment«, murmelte Steenhuis. Janneke hörte Papier rascheln. »Ja, hier habe ich seine Aussage. Er war bei seiner Freundin, einer Sandra Tapper. Die hat uns bestätigt, dass Rolf Busboom bei ihr war.«

»Also scheidet er als Täter aus«, stellte Janneke fest. »Harm Oltmanns' Alibi ist ja nicht ganz hieb- und stichfest. Und Bruno Oltmanns? War er wirklich zu Hause bei seiner Frau? Kann es sein, dass sie gelogen hat?«

»Das glaub ich nicht. Für mich klang die Aussage der Ehefrau glaubhaft«, antwortete der Kommissar. »Aber man kann den Leuten nicht in den Kopf gucken, das wissen wir alle. Nach meiner Erfahrung hat sie die Wahrheit gesagt. Was hätte Bruno Oltmanns denn für ein Motiv?«

»Wahrscheinlich das gleiche, das auch sein Bruder Harm hat, nämlich Geld. Wenn wir an die finanzielle Situation der Firma denken.«

»Die Lebensversicherung, die die Brüder gegenseitig abgeschlossen haben, war nicht sehr hoch angesetzt, das wäre nur ein Tropfen auf einen heißen Stein«, überlegte Steenhuis.

»Die Sekretärin der beiden hat ausgesagt, dass sie den Kutter verkaufen wollen. Da käme allerdings ein schönes Sümmchen bei rum. Heiko Oltmanns war immer gegen die Veräußerung des Schiffs.«

»Das wäre doch ein Motiv«, analysierte die junge Ostfriesin. »Wegen Geld wurden schon viele Verbrechen begangen.«

»Wir vermuten auch, dass das Motiv der schnöde Mammon war, aber es fehlen Beweise.«

»Wenn man die erst mal hat, geht es oft sehr schnell mit der Aufklärung.« Janneke nahm die Füße vom Tisch. »Vielen Dank, dass Sie mir das alles mitteilen, obwohl Ihr Chef doch so ein scharfer Hund ist.«

»Im Moment ist er noch in der Kurklinik und damit weit weg«, lachte Steenhuis. »Ach, das hätte ich ganz vergessen: Matze Bölter hat das gesamte Mobiliar seiner toten Frau aus dem Haus geschafft. Wahrscheinlich will er es verkaufen, obwohl er nicht der rechtmäßige Erbe ist.«

»Woher wissen Sie das denn?«

»Harm Oltmanns hat mich angerufen und uns das mitgeteilt. Er will seinem Schwager demnächst die Leviten lesen.«

Ja, dachte Janneke, so ist das. Manche nehmen sich ohne Gewissensbisse einfach das, was sie wollen, ohne sich an Recht und Gesetz zu halten.

***

Janneke hatte in dieser Nacht schlecht geschlafen. Immer wieder wurde sie wach und grübelte. Sie dachte an Jasper, der jetzt vielleicht alleine irgendwo in der Dunkelheit saß und sich sicher sehr fürchtete. Er war schließlich erst zehn Jahre alt. Selbst wenn er jemanden um Hilfe bitten würde, war es für ihn sicher schwer, sich zu verständigen. Aber warum hatte er den Rucksack zurückgelassen? Hatte jemand dem Jungen etwas Schlimmes angetan, den Rucksack an sich genommen und dann einfach entsorgt? Janneke mochte gar nicht über dieses

Szenario weiterdenken. Aber vielleicht hatte er ihn auch einfach verloren, als er weggerannt ist?

Der Junge hatte ausgesagt, dass er in der Nacht, als sein Vater das Haus verlassen hatte, fest geschlafen habe. Hatte er in dieser Hinsicht gelogen? Es wäre doch möglich, dass er mitbekommen hatte, wie sein Vater aus dem Haus ging. Wieso verließ ein Vater, der wusste, dass sein Sohn alleine in seinem Zimmer schlief, mitten in der Nacht das Haus und traf sich mit seinem späteren Mörder an der Mühle? Heiko Oltmanns musste diese Person gut gekannt haben, denn sonst hätte er sicherlich auf einem Treffen am Tag bestanden. Also hatte er seinem Mörder vertraut. Was hatte Jasper mitbekommen?

Erst gegen Morgen schlief Janneke kurz ein, aber schon um sieben Uhr schreckte sie hoch. Die ganze Geschichte ließ ihr keine Ruhe. Wie allein gelassen musste sich Jasper jetzt fühlen. Sie konnte sich noch sehr gut daran erinnern, welche Ängste sie als Zehnjährige ausgestanden hatte, wenn nachts vor dem Haus oder im Garten ein ungewöhnliches Geräusch war. Sie musste noch mal mit Jaspers Mutter reden.

Nach einem starken Kaffee fühlte sie sich einigermaßen fit. Es war noch nicht einmal halb neun, als Janneke an der Haustür von Gesa Oltmanns klingelte. Als diese öffnete, erschrak sie. Das Gesicht von Jaspers Mutter war grau und eingefallen, ihre Haare hingen strähnig am Kopf herunter. Den blauen Frotteebademantel raffte sie vorne zusammen und starrte ihre frühe Besucherin an. »Moin, ich hätte Sie um diese Zeit nicht erwartet.«

»Entschuldigen Sie, ich habe die ganze Nacht an das Verschwinden Ihres Sohnes gedacht«, erklärte Janneke und ging an Gesa, die die Haustür weit geöffnet hatte, vorbei in die Küche.

Fast lautlos kam Gesa hinterher und setzte sich. »Ich habe immer noch keine Nachricht. Die Polizei hat bisher keinen Anhaltspunkt, wo Jasper sein könnte. Ich mache mir solche Vorwürfe.«

»Sie brauchen sich doch keine Vorwürfe zu machen«, versuchte Janneke, die Frau zu beruhigen.

Gesa stöhnte. »Jasper wollte nicht zu dem Arzt in Emden, aber ich habe ihn gezwungen. Deshalb ist er jetzt weggelaufen.«

Janneke schüttelte den Kopf. »Sie haben keine Schuld an Jaspers Verschwinden, da muss es einen anderen Grund für geben.«

»Was meinen Sie denn? Welchen Grund sollte mein Sohn haben, von zu Hause wegzulaufen?«

»Leider kann ich Ihnen darauf keine Antwort geben«, bedauerte Janneke. »Aber vielleicht finden wir in Jaspers Zimmer einen Hinweis darauf?« Sie deutete nach oben. »Wäre es Ihnen recht, wenn wir oben einmal nachsehen?«

»Frau Hoogestraat, die Polizei hat schon alles durchsucht und keinen Hinweis gefunden. Im Moment kann ich nicht in das Zimmer meines Sohnes gehen. Ich war nur einmal kurz drin.« Sie ging zur Spüle, riss ein Blatt von der Küchenrolle ab und putzte sich ausgiebig die Nase. »Und wenn ich jetzt da reingehe und seine Sachen liegen überall rum … nein, das halte ich nicht aus.«

»Ich könnte alleine nach oben gehen und nachsehen«, schlug Janneke vor.

Wortlos nickte Jaspers Mutter.

»Wo ist denn Jaspers Zimmer?«

»Gleich oben links an der Treppe. An der Tür hängt ein Poster.«

Möglichst geräuschlos stieg Janneke die alte Holztreppe in den ersten Stock hoch, was sich aufgrund ihrer hohen Absätze nicht einfach gestaltete. Sie musste bei jedem Tritt die Füße schräg auf die Treppenstufen stellen, damit sie nicht stolperte.

Das Zimmer des Jungen sah genauso aus, wie sich Janneke das Zimmer eines Schülers vorstellte. Überall hingen Poster von Indianern, außerdem ein paar Bilder aus einem Science-Fiction-Film.

Das Bett des Jungen war mit Bettwäsche mit Fußballmotiven überzogen. Außergewöhnlich fand die junge Ostfriesin die vielen Zeichnungen an den Wänden. Gesa Oltmanns hatte mal erwähnt, dass ihr Sohn gerne Comics zeichnete. Sie betrachtete die kleinen Bilder genauer und war erstaunt, wie detailgetreu Jasper alles wiedergegeben hatte.

Auf mehreren Blättern hatte der Schüler die Geschichte eines kleinen Hundes erzählt. Bonnie, so hieß der kleine Mischling, war von zu Hause weggelaufen, weil der Nachbarshund ihm einen Knochen gestohlen hatte.

Auf einem Regal erblickte Janneke ein paar Miniaturautos, die in Reih und Glied dort aufgestellt waren. Sie nahm einen kleinen weißen Sportwagen in die Hand und betrachtete die Einzelheiten genauer. Sogar ein Handschuhfach konnte sie erkennen.

Entgegen ihrer Hoffnung, hier irgendeinen Hinweis zu finden, sah sie nichts Ungewöhnliches. Es gab offensichtlich nichts zu sehen, aus dem man einen Grund ableiten konnte, weshalb der Junge weggelaufen sein könnte. Es hätte ja sein können, dass ich etwas entdecke, dachte Janneke und wollte das Spielzeugauto wieder an seinen Platz stellen, als es ihr aus der Hand glitt.

Sie ging auf die Knie und angelte nach dem Auto, welches ein wenig unter das Bett gerutscht war. »Mist«, murmelte sie, beugte sich nach vorne und zog das Auto heraus. Da lag aber noch etwas Gelbes. Sie griff danach und zog den Gegenstand, einen gelben Ordner, hervor. Janneke stand wieder auf und legte die Mappe aufs Bett. Neugierig sichtete sie den Inhalt. Es waren ebenfalls Comics, allerdings mit anderen Motiven. Nacheinander blätterte sie alles durch und blieb an einer Zeichnung hängen.

Jasper hatte zwei Gestalten gezeichnet, die dunkel gekleidet durch die Nacht liefen. Auf einem zweiten Blatt hatte er wieder die gleichen Personen, die nach Jannekes Ansicht Männer darstellen sollten, verewigt, die vor einer Windmühle standen. Auf einem nachfolgenden Bild stand einer der Männer vor einer Mauer, während der andere die Hand erhoben hatte, in der er ein Messer hielt.

Nachdenklich ließ sie das Blatt sinken. Was hatte das zu bedeuten? Zögerlich nahm sie das nächste Blatt. Die Gestalten waren dort größer und detailgetreuer gezeichnet. Einer der Männer lag am Fuße der Mühle vor einer Mauer, der andere kniete davor. Der Kniende trug eine dunkle Pudelmütze und eine Motorradjacke aus Leder mit Nieten auf den Ärmeln, die von den Schultern bis zu den Handgelenken reichten. Ratlos schob sie alle Zeichnungen wieder zusammen, legte sie in den Ordner, den sie wieder an seinen ursprünglichen Platz schob. Ich muss unbedingt Steenhuis anrufen, nahm sie sich vor. Wenn es das bedeutete, was sie dachte, war das ungeheuerlich und es war Eile geboten.

Gesa Oltmanns saß immer noch an der gleichen Stelle in der Küche, als Janneke wieder nach unten kam. »Haben Sie was gefunden?«

»Nein«, behauptete Janneke fälschlicherweise. »Ich werde heute Mittag bei Kommissar Steenhuis anrufen und noch mal nachfragen, was es Neues gibt.«

Gesa nickte. »Ja, machen Sie das. Herr Kuhl hat zwar heute Morgen schon angerufen, er hatte aber keine Neuigkeiten. Aber vielleicht in der Zwischenzeit … So ein Kind kann doch nicht einfach verschwinden?«

»Ich melde mich heute noch bei Ihnen«, versprach Janneke und verließ Jaspers Elternhaus.

***

Auf dem Heimweg schwirrten Janneke tausend Gedanken durch den Kopf. Sie versuchte unterwegs zweimal vergeblich, den Kommissar telefonisch zu erreichen. Er meldete sich nicht. Vielleicht konnte sie in der Zwischenzeit eine logische Erklärung für die Zeichnungen des Jungen finden. Dazu musste sie aber so schnell wie möglich an ihren Computer.

Die Alte Müllerei war gut besucht, Herr Wehmann nickte ihr nur kurz zu und wandte sich wieder seinen Kunden zu. So schnell sie konnte, stieg sie die schmale Holztreppe zu ihrer Ferienwohnung hoch und startete den Computer. Während er hochfuhr, schleuderte sie ihre Schuhe von den Füßen und setzte sich an ihren Schreibtisch.

Sie rief eine Suchmaschine auf und durchforstete die Archive aller Zeitungen aus dem Nordwesten. Überall war nur von dem Mühlenmord in Greetsiel die Rede. Genau, wie Kommissar Steenhuis gesagt hatte. Nirgendwo wurde der Fund des Lederfetzens mit der Niete erwähnt und die Annahme, dass der Täter möglicherweise eine Lederjacke mit Nieten getragen hatte.

Daraus ergab sich für Janneke eine Frage: Wieso konnte Jasper dieses Kleidungsstück mit all seinen besonderen Merkmalen in seinen Comics aufzeichnen? Hatte jemand Jasper erzählt, wie genau sein Vater erstochen wurde und was man am Tatort gefunden hatte? Woher wusste er, dass der Täter eine solche Jacke mit Nieten getragen hatte? Soviel ihr bekannt war, hatte niemand dem Kind diese Details mitgeteilt.

Janneke klappte ihren Laptop zu. Es gab nur eine einzige logische Erklärung: Jasper hatte den Mord gesehen und alles aufgezeichnet. Jetzt fügte sich auch die Sprachlosigkeit des Kindes nahtlos in das Geschehen ein. Wie schlimm musste es für den Jungen gewesen sein, das alles mit anzusehen!

Janneke kippte den ganzen Inhalt ihrer Tasche aufs Sofa und kramte ihr Handy hervor. Steenhuis' Nummer war jetzt dauernd besetzt. Sie rief im Kommissariat in Norden an. Es meldete sich Henning Kuhl, Steenhuis' Kollege.

»Moin Frau Hoogestraat. Was kann ich für Sie tun?«

»Moin Herr Kuhl«, meldete sich Janneke. »Ich versuche schon die ganze Zeit Herrn Steenhuis zu erreichen.«

»Im Moment ist er nicht hier im Büro. Haben Sie es auf seinem Handy versucht?«

»Ja, aber er meldet sich nicht.«

»Um was geht es denn?«

»Ich war im Zimmer von Jasper und habe ein paar Comiczeichnungen gefunden. Meiner Meinung nach geht daraus eindeutig hervor, dass er den Mord an seinem Vater mit angesehen hat.«

Kuhl schwieg einen Moment. »Das sind natürlich ganz neue Aspekte. Ich werde meinen Kollegen sofort benachrichtigen.«

Er versicherte ihr noch, dass Kommissar Steenhuis sie spätestens zurückrufen würde, sobald er wieder im Büro sei.

Da sie es versprochen hatte, beschloss sie, Jaspers Mutter noch einmal aufzusuchen.

Es hatte angefangen zu regnen. Sie holte ihren Regenmantel aus dem Schrank, auf einen Schirm musste sie verzichten, denn es wehte ein ordentlicher Wind. Auf ihrem Weg sah sie zwei Männer, die einem Schirm hinterherrannten. Ein junger Mann versuchte vergeblich, seine Kappe wieder einzufangen.

Gesa Oltmanns' Gesicht glich immer noch einer weißen Leinwand, sie begrüßte Janneke erleichtert. »Ich bin froh, dass Sie noch mal vorbeikommen. Tante Babette ist auch hier.« Sie zog Janneke ins Haus. »Ich mache Ihnen einen Tee, sonst erkälten Sie sich noch.«

Frau Evert saß in der Küche und blätterte in der Ostfriesen-Zeitung. Die Rentnerin sah ebenfalls sehr mitgenommen aus. »Moin Frau Hoogestraat. Wissen Sie etwas Neues?«

»Nein, leider nicht. Ich habe auch den Kommissar nicht erreicht.« Sie zog ihren nassen Mantel aus und legte ihn über einen Stuhl, der neben dem Fenster stand.

Frau Oltmanns holte eine frische Tasse aus dem Schrank, gab ein Kluntje hinein und goss den heißen Tee über den Kandiszucker, der leise knackte. Eigentlich ein Idyll, dachte Janneke wehmütig. Drei Frauen saßen in einer ostfriesischen Küche, plauderten und tranken Tee. Aber leider sah die Wirklichkeit anders aus.

»Sagen Sie, hat die Polizei Ihnen oder auch Ihnen, Frau Evert, jemals genaue Angaben über den Tathergang gemacht?«

»Nein, nur die Uhrzeit, wann er gestorben ist, und um welche Uhrzeit man ihn gefunden hat, teilte man uns mit. Sonst keine weiteren Einzelheiten.« Jaspers Mutter rührte nervös in ihrer Tasse.

»Und Sie, Frau Evert?«

Die hob die Hände. »Ich weiß nur, was Gesa erzählt hat. Welche schrecklichen Dinge da genau geschehen sind, wollen wir gar nicht wissen. Wem würde das nützen?«

»Niemandem«, flüsterte Gesa und sah zum Fenster. »Es wird noch mehr regnen. Es ist richtig dunkel draußen, obwohl es noch nicht Nacht ist. Finden Sie nicht auch?«

Janneke hatte den Eindruck, dass die Witwe froh war, sich über alltägliche Dinge unterhalten zu können. Vielleicht war das ihre Art, mit all dem Unglück umzugehen.

»Ja, es ist ziemlich düster. Morgen wird das bestimmt wieder besser«, antwortete Janneke und trank einen Schluck Tee.

»Hast du etwas von Linda gehört?«, wollte Gesa von ihrer Tante wissen.

Frau Evert wehrte ab. »Ich will von dem Drama gar nichts wissen. Die soll sich scheiden lassen und um ihre Tochter kümmern.« Sie lachte zynisch. »Ausgerechnet Rolf wird noch mal Vater. Dass ich nicht lache. Ob der das aushält? Schließlich hat er sich um Linda nicht weiter gekümmert. Wenn ich noch an die Nacht denke, in der Heiko … Obwohl seine Frau hochschwanger war, hat er sie alleine gelassen. Ich finde das herzlos.«

»Ich war doch bei Linda«, wandte Gesa ein. »Sie war nicht alleine.«

»Eben«, schimpfte ihre Tante weiter. »Wenn er seine Pflicht getan und bei seiner Frau geblieben wäre, hättest du nicht bei ihr übernachten müssen und dein Mann … Was ist denn jetzt?«

Mit weit aufgerissenen Augen starrte Gesa Oltmanns an Janneke und Babette vorbei zur Hintertür, die in den Garten führte. Janneke drehte sich um und sah durch die Glasscheibe der Tür in Jaspers blasses und ängstliches Gesicht.

***

Als er wach wurde, war der Schulhof schon voller Kinder. Jetzt, da es hell war, fühlte er sich nicht mehr so verloren. Überall sah er Menschen um sich herum. Er hätte, wenn er gewollt hätte, sofort nach draußen laufen und sich unter seine Schulkameraden mischen können.

Die Schulglocke rief zum Unterricht. Jasper sah auf der Küchenuhr, dass es bereits acht Uhr war. Um den beiden Handwerkern nicht in die Hände zu laufen und seine Anwesenheit zu vertuschen, stopfte er die Decke wieder in die Kiste. Die Tüte mit dem Zwieback stellte er in den Küchenschrank und schlich zur Haustür. Vorsichtig lugte er nach draußen in den menschenleeren Schulhof.

Leise zog er die Tür hinter sich ins Schloss und ging bis zur Hausecke. Von dem weißen Auto mit dem Angreifer war nichts zu sehen. Zügig, aber nicht so schnell, dass es auffallen würde, lief Jasper Richtung Zentrum. Dort würden sich viele Touristen aufhalten, sodass er sicher sein konnte, nicht aufzufallen. Er schlenderte zum Haus des Gastes und verbrachte einige Zeit sitzend in einem der Strandkörbe. Sein Magen knurrte fürchterlich. In seiner Hosentasche fand er noch zwanzig Cent. Dafür würde er nichts bekommen.

Viele Menschen standen am Tresen der Tourist Information im Inneren des Gebäudes. Jasper schlich zur Toilette und grübelte, was er jetzt machen sollte. Das Wegrennen von zu Hause erschien im jetzt nicht mehr die richtige Lösung zu sein. Hier auf der Straße war er seinem Verfolger schutzlos ausgeliefert. Außerdem fühlte sich der Junge extrem unwohl bei dem Gedanken, dass er sich niemandem mitteilen konnte.

Ein junges Paar spielte mit seinen zwei kleinen Kindern an den Spielgeräten vor dem Kurhaus. Ihren Rucksack hatten sie leichtsinnigerweise offen auf einer Bank stehen lassen. Die Banane, die so vorwitzig hervorlugte, sah Jasper als Einladung an, sie mitzunehmen. Er stopfte das Obst unter seine Jacke und rannte davon.

Den Nachmittag verbrachte er am Ortrand in einem kleinen Park. Er langweilte sich und verspürte große Lust zu malen.

Was wäre gewesen, wenn er in dieser Nacht wirklich fest geschlafen hätte? Gut, sein Vater würde nicht mehr leben, aber er könnte ohne Angst durch die Gegend laufen und brauchte niemanden zu fürchten.

Es hatte angefangen zu regnen. Jasper stellte sich in einem Bushäuschen unter. Der Himmel war plötzlich dunkel und der Junge befürchtete, dass der Regen sicher nicht so schnell aufhören würde. Wo konnte er heute Nacht schlafen? Sollte er zu Tante Babette gehen? Er könnte auch per Anhalter zu Tante Linda nach Pewsum fahren.

Die Regentropfen rannen an der Scheibe des Bushäuschens herunter. Wehmütig verfolgte der Junge die Rinnsale, die sich am Fuße der Scheibe im Nichts auflösten. Plötzlich bekam er Angst, dass er auch eines Tages in einem großen Loch verschwinden und niemand ihn dort finden würde.

Jasper zog seine Jacke vorne zusammen und rannte durch den Regen zu seinem Elternhaus.

***

»Er schläft jetzt«, verkündete Gesa Oltmanns, als sie die Küche betrat. Ihr Gesicht war rot und strahlte ungeheure Freude aus, weil ihr Junge gesund wieder zu Hause war.

Als Gesa die Tür geöffnet hatte und ihr Sohn in ihre Arme fiel, fing der Junge vor Erleichterung an zu weinen. Babette wusste im ersten Moment gar nicht, was sie sagen sollte. Nach dem ersten Durcheinander befand Frau Evert, dass der Junge sicher Hunger haben würde. Gesa bereitete in aller Eile einen Topf Grießbrei zu. Mit Wohlwollen sah sie zu, wie ihr Sohn das Essen verschlang. Anschließend brachte sie ihn ins Bett. Wohlweislich verzichtete sie darauf, Jasper eine Erklärung zu entlocken. Gesa war einfach nur froh, dass ihr Sohn wieder da war.

Janneke hatte inzwischen bei Kommissar Steenhuis angerufen und die Neuigkeit weitergegeben.

Jetzt saßen Gesa, Babette, Janneke und der Kommissar in der Küche und begutachteten die Zeichnungen im gelben Ordner, den Gesa aus dem Zimmer ihres Sohnes geholt hatte.

Als die Witwe realisierte, dass Jasper den Mord an seinem Vater mit angesehen hatte, brach sie in Tränen aus und machte sich bittere Vorwürfe, dass sie ihren Sohn nicht richtig beschützt hatte.

»Wie hätten Sie das alles ahnen können?«, versuchte Steenhuis, die Frau zu beruhigen. »Aber aufgrund der Zeichnungen müssen wir wirklich davon ausgehen, dass Jasper alles beobachtet hat.«

»Wie kommen Sie denn darauf?« Babette Evert hatte Schwierigkeiten, dem Gespräch zu folgen. »Das ist vielleicht alles nur Fantasie. Er hat sich das ausgedacht und dann die Zeichnungen gemacht.«

Janneke schüttelte den Kopf. »In allen Zeitungen und Nachrichten war nur von einem Mühlenmord die Rede. Wo sein Vater genau gefunden wurde und dass ein Mann mit einer Kleidung aus Leder eine Rolle spielt, kann er sich nicht ausgedacht haben.«

»Wir haben tatsächlich ein Stück einer Lederjacke oder -hose gefunden, auf der eine Niete befestigt ist. Das konnte Jasper nicht erfinden. Ich bin mir sicher, er war dabei«, bekräftigte Steenhuis.

»Aber wer der Übeltäter war, kann man nicht aus den Zeichnungen ersehen, oder?«, fragte Frau Evert nach. »Man sieht ja nur zwei dunkel gekleidete Männer.«

»Nein, das kann man nicht daraus ersehen«, entgegnete der Kommissar. »Wenn ich die Zeichnung richtig interpretiere, hat er seinen Vater mit einer weiteren dunkel gekleideten Person gesehen, die eine Lederjacke mit Nieten getragen hat.«

»Eine der Personen ist Heiko und der andere sein Mörder.« Gesa sah den Kommissar verzweifelt an. »Aber sehen Sie nicht irgendeinen Hinweis, wer die zweite Person sein könnte?«

»Nein, das ergibt sich nicht aus den Zeichnungen.« Steenhuis stand auf. »Ich würde vorschlagen, dass Sie morgen mit Ihrem

Sohn Ihren Arzt konsultieren. Er scheint ja so weit in Ordnung zu sein, aber es wäre sicher besser, wenn sich der Arzt den Jungen ansieht. Später werde ich versuchen, mit Ihrem Sohn zu reden. Vielleicht kann er uns doch noch weitere Einzelheiten mitteilen.« Der Kommissar reichte der Witwe die Hand. »Zum Glück ist Jasper wohlbehalten wieder nach Hause gekommen. Das andere werden wir später sehen. Ich melde mich bei Ihnen.«

Janneke hatte ebenfalls beschlossen zu gehen. »Ich hoffe, Sie können heute Nacht gut schlafen, jetzt, wo Jasper wieder da ist.« Sie drückte Gesa die Hand. »Auf Wiedersehen, Frau Evert.« Sie winkte der Rentnerin zu und verließ zusammen mit Steenhuis das Haus.

»Und was denken Sie?«, wollte Janneke von dem Kommissar wissen, als sie sich ein wenig von Gesa Oltmanns' Haus entfernt hatten.

»Jetzt kann ich mir auch die Sprachlosigkeit des Jungen erklären«, stellte Steenhuis fest. »Es muss für ihn ein Schock gewesen sein, die Ermordung seines Vaters mit anzusehen.«

Nachdenklich sah Janneke den Ermittler an. »Es bleiben so viele Fragen unbeantwortet. Zum Beispiel: Warum ist er in der Nacht ebenfalls an der Mühle gewesen? Ist er seinem Vater gefolgt? Wieso hat er mitbekommen, dass sein Vater das Haus verlassen hat?«

Der Kommissar war stehen geblieben. »Das sind ja viele Fragen auf einmal.«

»Mich würde auch interessieren«, führte sie ihren Gedankengang fort. »Warum genau ist Jasper von zu Hause weggelaufen? Es hat auf jeden Fall etwas mit seiner Beobachtung an der Mühle zu tun.«

»Im Moment bin ich überfragt«, gab der Kommissar zu. »Ich weiß nicht wirklich, wie Kinder ticken. Ich kann allenfalls Vermutungen anstellen.«

»Ich bin mir sicher, dass Jasper große Angst hat«, sagte Janneke. »Gehen wir einmal davon aus, dass der Täter bemerkt hat, dass Jasper ebenfalls bei der Mühle war und alles beobachtet hat, dann fürchtet sich der Junge sicher vor dem Täter. Ich denke, dass Heiko Oltmanns' Mörder ein großes Interesse daran hat, dass der Junge sein Wissen nicht ausplaudert.«

Sie blickte nach oben, wo gerade eine schwarze Regenwolke den Himmel verdunkelte.

***

Mit einem Ruck fuhr Jasper in seinem Bett hoch und sah sich erschrocken um. Nach einem kurzen Blick auf seine Zeichnungen an den Wänden, auf sein Kinderzimmerfenster und seine Bettdecke atmete er erleichtert auf.

Mit einem zufriedenen Seufzer ließ sich der Junge wieder in sein Kissen fallen und lauschte den vertrauten Geräuschen aus der Küche im Erdgeschoss. Vor seinem geistigen Auge sah er seine Mutter, wie sie sorgfältig den Frühstückstisch deckte und wie sie immer darauf achtete, dass sie ihm eine seiner Tassen mit den Comiczeichnungen hinstellte, die er zu seinem zehnten Geburtstag von Tante Babette bekommen hatte.

Außer zwei Nächten voller Angst, quälendem Hunger und dem Verlust seines Rucksackes war er kein Stück weitergekommen. Selbst hier im Haus war er nicht vor dem Angreifer sicher, denn seine Mutter kannte seinen Verfolger und würde ihm ohne Weiteres vertrauen.

Schnell sprang der Junge aus dem Bett und eilte zum Fenster. Soweit er sehen konnte, war weder das Auto noch der Verfolger selbst zu sehen. Nach einem Blick unter sein Bett stellte er fest, dass der gelbe Ordner nicht mehr da war. Ihm war sofort klar, dass jetzt alle wussten, dass er in dieser Nacht ebenfalls an der Mühle war. Was aber niemand ahnte, war die Tatsache, dass er genau wusste, wer seinen Vater umgebracht hatte, weil er diese Person schon sein ganzes Leben lang kannte und in der Nacht ganz genau gesehen hatte.

»Jasper?«, rief seine Mutter nach ihm. »Komm, Frühstück ist fertig.«

Er schlüpfte in seine Jeans, zog ein frisches Shirt über den Kopf und ging nach unten. Seine Mutter stand in der Küche und breitete, sobald sie ihn sah, ihre Arme weit aus. »Ich bin so froh, dass du wieder da bist«, raunte sie in sein Ohr und strich ihm über das Haar. »Komm, setz dich.«

Sie steckte zwei Weißbrotscheiben in den Toaster, goss Milch in seine Tasse und schälte einen Apfel, den sie in kleine Spalten teilte.

Jasper hielt den Kopf gesenkt und hoffte, dass sie die Zeichnungen nicht erwähnen würde. Wenn er sich recht erinnerte, hatte gestern die Frau mit den komischen Schuhen auch in der Küche gesessen. Er war immer noch davon überzeugt, dass sie nicht ängstlich war, da sie sich ja mit Verbrechen beruflich befasste.

»Wir haben in einer Stunde einen Termin in Emden«, informierte Gesa ihren Sohn. »Bei dem Arzt, bei dem wir schon einmal waren.«

Heftig schüttelte Jasper den Kopf, aber seine Mutter ließ sich nicht erweichen.

***

Pünktlich betraten sie die Arztpraxis und wurden auch sofort ins Sprechzimmer weitergeleitet.

»Und wie sieht es aus?«, fragte der Arzt, als er den Jungen körperlich untersucht hatte. »Kannst du uns sagen, wo du warst?« Er hielt ihm einen Block und einen Bleistift hin.

Jasper schrieb in übergroßen Druckbuchstaben NEIN hin und reichte dem Mann den Block.

Der Arzt lächelte. »Ich habe es mir fast gedacht, dass wir dafür mehr Zeit brauchen«, informierte er Gesa. »Jasper, bist du so nett und wartest draußen?«

Der Junge sprang auf und verließ fluchtartig das Zimmer.

»Also, Frau Oltmanns, nach dem, was Sie mir am Telefon erzählt haben, gehe ich davon aus, dass die Polizei großes Interesse haben wird, mit Jasper zu reden. Ich kann nur davor warnen, irgendeinen Druck aufzubauen. Es ist schon schwer genug für Ihren Sohn, das alles zu verarbeiten. Deshalb bitte ich Sie, den zuständigen Ermittlern dies auszurichten. Am besten wäre es, wenn die mich einmal anrufen würden, dann könnte ich noch mal nahelegen, mit der Befragung zu warten, bis Jasper sich ein paar Tage wieder an den Alltag gewöhnt hat.«

»Ja, das erscheint mir auch sinnvoll. Jasper hat zwar wieder Appetit und schläft einigermaßen, aber ich möchte nicht, dass man ihn überfordert.«

»Gut«, sagte der Mediziner abschließend. »Ich würde vorschlagen, dass Sie alle vierzehn Tage mit Ihrem Sohn in die Praxis kommen. Da uns jetzt ja bekannt ist, was er erlebt hat, haben wir für die Therapie einen guten Ansatzpunkt. Er wird seine Sprachlosigkeit auch wieder überwinden.«

Die Sprechstundenhilfe vereinbarte mit Jaspers Mutter die ersten beiden Gesprächstermine. »Ihr Sohn wartet vor der Tür auf Sie.«

Als Gesa auf die Straße trat, sah sie, wie ihr Sohn vor einer kleinen Katze, die auf dem steinernen Pfosten einer Gartenpforte saß, stand und den Mund bewegte.

***

Harm Oltmanns brüllte so laut in den Telefonhörer in seinem Büro, dass Annemieke auch ohne die eingeschaltete Gegensprechanlage jedes Wort verstanden hätte.

Als sie ihrem Chef erzählte, dass Frau Volkers das ausgeräumte Haus von Ida Bölter vorgefunden hatte, war er aufgesprungen und hatte voller Wut einen Aschenbecher durch den Raum geworfen.

Mehrmals hatte er anschließend seine Sekretärin gebeten, ihn mit seinem Schwager zu verbinden. Da sich auf dem Festnetz niemand meldete, wählte Harm die Handynummer von Matze Bölter. Er hielt sich nicht lange mit Begrüßungsfloskeln auf, als Bölter sich meldete, sondern nannte den Witwer einen

Dieb, einen Faulenzer und ein egoistisches Schwein. Er bezichtigte ihn lautstark, sich das Erbe der Familie unter den Nagel gerissen zu haben, und forderte ihn auf, die Möbel, Bilder und das Geschirr bis zum Abend wieder in das Haus seiner Schwester zu transportieren. »Dann sehe ich von einer Anzeige ab, aber nur wegen meiner Schwester.«

Frau Künzels Augen wurden immer größer, denn die unflätigen Worte, die ihr Chef benutzte, trieben ihr die Schamröte ins Gesicht.

Eine Sekunde, bevor Harm aus seinem Büro ins Vorzimmer stürmte, gelang es Annemieke, unauffällig die Gegensprechanlage abzuschalten.

»Wann kommt mein Bruder zurück?«, bellte der Unternehmer und schlug zornig auf den hölzernen Türrahmen.

»Er wollte nach Aurich in die Druckerei wegen der neuen Prospekte. Anschließend hat er noch einen Termin beim Friseur«, gab Annemieke Auskunft und beschäftigte sich angelegentlich mit ihrem Computer.

»Was will das Arschloch beim Friseur?«, brüllte Oltmanns weiter. »Davon wird er auch nicht schöner.«

Die Sekretärin wusste aus langjähriger Erfahrung, dass Harm ein Choleriker und ein Egoist war, aber so wütend hatte sie ihn noch nie gesehen.

»Ich fahre da jetzt hin«, brüllte der Unternehmer. Annemieke reichte ihm wortlos den Haustürschlüssel zum Haus Bölter, den Brigitte Volkers vorbeigebracht hatte.

Als die Tür des Vorzimmers donnernd ins Schloss gefallen war, wählte die Sekretärin die Telefonnummer der Personalabteilung.

»Personalabteilung, Agnes Haartema.«

»Agnes, du kannst dir nicht vorstellen, wie mein Chef eben ausgerastet ist«, berichtete Annemieke ihrer Freundin. »Ich habe gedacht, der bekommt einen Herzinfarkt.«

»Du meinst sicher Harm?«

»Klar, wen denn sonst? Bruno ist ja zum Glück etwas ruhiger.«

»Weshalb ist er denn ausgerastet?«, wollte die Angestellte aus der Personalabteilung wissen.

»Der Mann von Ida Bölter, du weißt doch, der angebliche Musiker, der nachts einen auf Diskjockey macht, der hat das ganze Haus ausgeräumt. Möbel, Geschirr, alles weg.«

»Ist er ausgezogen?«

»Keine Ahnung, aber das Inventar gehört ihm ja gar nicht.«

»Und warum hat er es mitgenommen?« Frau Haartema wollte es genau wissen.

»Wahrscheinlich will er die Sachen verkaufen«, vermutete Annemieke. »Er hat ja von dem ganzen Geld nichts bekommen. Und deshalb war der Chef auch so wütend«, berichtete sie weiter. »Ich finde, dass er in letzter Zeit noch unleidlicher war als sonst.«

»Ich habe gehört«, flüsterte Agnes Haartema, »dass Mareike mit ihm Schluss gemacht hat. So berichtet es jedenfalls die Gerüchteküche.«

»Es wundert mich sowieso, dass Frau Oltmanns, ich meine Hilke, davon nichts mitbekommen hat.«

»Also ich wäre etwas vorsichtiger, wenn ich eine Affäre hätte«, behauptete Frau Haartema, »aber ich glaube, Männer sind zu blöd, ein Geheimnis für sich zu behalten.«

»Da kannst du recht haben«, stimmte ihr die Sekretärin zu. Annemieke versprach Agnes, sich sofort zu melden, wenn es Neuigkeiten gäbe.

Zwei Stunden später stürmte Harm in die Chefetage und riss die Tür zum Vorzimmer auf. »Verbinden Sie mich mit Doktor Renneisen.«

»Unserem Rechtsanwalt?«, fragte Frau Künzel vorsichtig nach. Ihr Chef war auf hundertachtzig, da wollte sie ihn auf keinen Fall weiter reizen.

»Logisch mit unserem Rechtsanwalt. Was haben Sie denn gedacht? Ihrem Zahnarzt?«, schnaubte er. »Er muss etwas gegen den Fuzzi unternehmen.«

Annemieke platzte fast vor Neugier. »Was ist denn passiert?«

»Idas Mann hat tatsächlich alles beiseitegeschafft«, donnerte der Chef der Küsten-Räucherei Oltmanns mit hochrotem Kopf. »Er ist über alle Berge. Die Nachbarin hat gesagt, dass sie ihn seit zwei Tagen nicht mehr gesehen hat. Er muss Hals über Kopf das Weite gesucht haben.« Er zerrte an seinem Hemdkragen. »Seine Gitarre und seine Papiere … alles weg. Außer ein paar stinkenden Klamotten, die er im ganzen Haus verteilt hat, Hunderten leeren Pizzakartons und vollen Aschenbechern in seinem Studio. Es ist nichts mehr da. Wenn ich den zu fassen kriege, dann gnade ihm Gott.« Wütend trat Harm Oltmanns gegen Annemiekes Papierkorb, der sofort umfiel, sodass sich der Abfall unter dem Schreibtisch der Sekretärin verteilte.

20. Kapitel

Vor zwei Tagen war Jasper zu seiner Mutter zurückgekehrt. Bis jetzt hatte Janneke weder etwas von Gesa Oltmanns noch von Babette Evert gehört. Auch wenn es ihr unter den Nägeln brannte, zu wissen, was sich in den letzten achtundvierzig Stunden ereignet hatte, versuchte sie, sich zurückzuhalten. Schließlich brauchten der Junge und seine Mutter Ruhe. Janneke nahm an, dass Gesa mit ihrem Sohn einen Arzt aufgesucht hatte, um festzustellen, ob das Kind irgendwelche Schäden durch sein Abenteuer davongetragen hatte.

Nur mit Mühe gelang es ihr, sich auf ihre Arbeit zu konzentrieren. Mehrere Abschnitte aus dem Drehbuch musste sie wieder löschen. Beim Durchlesen hatte sie feststellen müssen, dass sie totalen Quatsch geschrieben hatte.

Um die Leere zu überbrücken, bereitete sie sich einen Tee und aß zwei Becher Vanillepudding mit Himbeersoße. Sie gammelte noch ein wenig vor ihrem Laptop herum und surfte ohne Plan im Internet. Plötzlich hielt sie es nicht mehr aus. Sie schrieb Steenhuis eine Textnachricht mit der Frage, ob es etwas Neues gäbe. Keine zehn Minuten später erhielt sie eine Antwort. Der Kommissar teilte ihr mit, dass er heute Jasper und seine Mutter aufsuchen wollte und sich danach bei ihr melden würde.

Frustriert legte sie ihr Handy weg. Das nützte ihr jetzt auch wenig, denn sie war wieder zum Warten verdammt. Janneke legte sich aufs Sofa und schaltete den Fernseher ein. Gelangweilt sah sie sich eine Folge einer Seifenoper an, in der eine junge Frau verzweifelt versuchte, sich in ein viel zu enges Brautkleid zu zwängen.

Sie musste kurz eingeschlafen sein, als das Klingeln ihres Telefons sie weckte. Steenhuis bat sie, so schnell wie möglich in das Haus von Gesa Oltmanns zu kommen. Es sei sehr dringend.

In Windeseile war Janneke ausgehfertig und verließ eilig ihre Ferienwohnung in der Alten Müllerei.

***

»Na, Jasper, wie geht's?«, fragte Kommissar Steenhuis den Jungen, um Lockerheit bemüht, als er sich zu Gesa Oltmanns an den Küchentisch gesetzt hatte. »Kannst du uns etwas über deinen Ausflug erzählen?«

Jaspers Mutter hatte vor ihren Sohn Block und Bleistift hingelegt und hoffte nun, dass er die Frage des Ermittlers beantwortete.

»Als du von hier weggegangen bist, wo bist du hingelaufen?«

Jasper schrieb etwas und schob es dem Mann hin.

»Schule«, las Steenhuis laut vor. »Du hast die Nacht in der Schule verbracht?«

Jasper nickte.

»Und dein Rucksack?«, fragte er weiter. »Wir haben ihn im Gebüsch gefunden. Hast du ihn verloren?«

Zögerlich nickte der Junge.

»Du bist also von hier aus zur Schule gelaufen?«

Wieder nickte Jasper.

»Und die zweite Nacht hast du auch dort verbracht?«

Der Junge bejahte auch diese Frage durch ein deutliches Nicken.

Der Kommissar sah kurz zu Gesa hinüber, die mit gesenktem Kopf dasaß. »Jasper, kannst du uns aufschreiben, warum du weggelaufen bist?«

Der Junge griff nach dem Stift und schrieb etwas auf. Noch ehe der Kommissar reagieren konnte, hatte Jaspers Mutter den Block an sich genommen.

»Die Frau mit den hohen Schuhen soll kommen. Sonst sage ich nichts mehr«, las Gesa laut vor. »Du meinst Frau Hoogestraat, die mit Tante Babette hier war?«

Jasper stand auf, nickte heftig und rannte aus der Küche.

***

In Rekordzeit hatte Janneke Jaspers Elternhaus erreicht. Als sie die Gartenpforte öffnete, hatte Gesa schon die Haustür geöffnet. »Jasper will nur mit Ihnen reden.«

Janneke nickte und betrat atemlos die Küche. Der Kommissar nickte ihr nur wortlos zu.

»Wo ist er denn?« Janneke sah abwechselnd Jaspers Mutter und den Kommissar an.

»In seinem Zimmer«, antwortete Gesa und stellte unaufgefordert eine leere Teetasse vor Janneke hin. »Sie sollten erst mal wieder zu Atem kommen. Trinken Sie erst mal einen Tee.«

»Er will uns nicht sagen, warum er weggelaufen ist«, informierte Steenhuis die junge Ostfriesin. »Ich komme da nicht weiter.«

»Ich verstehe das nicht«, murmelte die Witwe. »Wenn Jasper kurz nach dem Tod seines Vaters weggelaufen wäre, dann hätte ich das ja noch verstanden. Aber so viele Wochen sind doch schon vergangen. Er spricht nicht und macht auch keinerlei Anstalten zu sprechen.«

»Ich kann ja mein Glück versuchen«, bot Janneke an. »Soll ich zu Jasper nach oben gehen oder holen Sie ihn runter?«

»In Anbetracht der Situation denke ich, es ist besser, Sie reden alleine mit ihm«, überlegte der Kommissar.

Gesa reichte Janneke den Block. »Den werden Sie hoffentlich gebrauchen können.«

»Gut, ich werde sehen, was ich machen kann«, versprach sie und verließ die Küche. Vorsichtig stieg sie die Treppe nach oben. Gegenüber Jaspers Zimmer stand eine Badezimmertür offen, aus der es ziemlich stark nach Lavendel roch. Die Sonne, die durch die Milchglasscheibe in den kleinen Raum drang, ließ die maisgelben Fliesen wie ein Meer aus Sonnenblumen aussehen. Das sind die Farben einer Sommerwiese, so friedlich und leicht, dachte sie, und nebenan sitzt ein Junge, der vor irgendetwas davongelaufen ist.

Leise klopfte Janneke an Jaspers Zimmertür. Der Junge musste hinter der Tür auf sie gewartet haben, denn sie wurde sofort geöffnet.

»Hallo Jasper. Darf ich reinkommen?«

Jasper öffnete die Tür weiter und ließ die junge Frau eintreten.

»Du kannst wirklich gut zeichnen«, lobte sie ihn, nachdem sie sich die Comics an den Wänden betrachtet hatte. »Deine Zeichnungen über die Nacht an der Mühle sind sehr detailgetreu.« Sie setzte sich auf Jaspers Bett, während sich der Junge auf dem Boden zu ihren Füßen niederließ.

»Wir haben aus deinen Comics gelesen, dass du in der Nacht, als dein Vater gestorben ist, auch an der Mühle warst. Warum warst du da?« Sie schlug sich an die Stirn. »Ich frage besser anders. Oder du schreibst es mir auf?« Sie hielt ihm den Block hin.

Jasper stieß ihren Arm weg.

»Gut, dann machen wir es so. Ich frage und du nickst oder schüttelst den Kopf, okay?«

Nach Jaspers Zustimmung überlegte Janneke kurz. »Bist du deinem Vater in dieser Nacht nach draußen gefolgt?«

Jasper bejahte dies.

»Auf dem Bild sieht man, dass zwei Menschen durch die Nacht gehen. War die zweite Person hier im Haus bei deinem Vater?«

Er nickte.

»Hast du mitbekommen, aus welchem Grund die beiden mitten in der Nacht das Haus verlassen haben?«

Der Junge schüttelte den Kopf.

»Du hast aber gehört, wie sie das Haus verlassen haben?«

Jasper öffnete den Mund und tat so, als würde er laut schreien.

»Es gab Streit? Deshalb hast du mitbekommen, dass dein Vater Besuch hat?«

Jasper nickte.

»So weit sind wir schon mal«, murmelte Janneke. »Du bist also aufgestanden, hast dich angezogen und bist den beiden bis zur Mühle gefolgt.«

Jasper nickte.

»Hast du dich, als du ebenfalls an der Mühle angekommen bist, dort versteckt?«

Jasper nickte wieder.

»Dein Vater und die andere Person haben sich unterhalten?«

Er schüttelte den Kopf und öffnete wieder weit seinen Mund.

»Sie haben gestritten?«

Er nickte, stand auf und ruderte heftig mit den Armen herum. Plötzlich fuhr seine Hand nach vorne und stieß zu. Dann drehte er sich um und ließ sich langsam zu Boden fallen.

»Moment«, sagte Janneke. »Habe ich das richtig verstanden? Dein Vater und der andere Mensch haben sich gestritten. Dann hat die zweite Person zugestochen und dein Vater ist langsam auf den Boden gefallen?«

Der Junge nickte und stand auf. Er trat bis auf etwa zwanzig Zentimeter an sie heran, beugte sich etwas vor und sah ihr direkt ins Gesicht. Er zeigte mit dem Finger erst auf sie und dann auf sich.

»Du hast die Person ganz genau gesehen?«

Jasper nickte.

»Es war ein Mann?«

Jasper nickte wieder und kam Janneke noch näher. Wieder sprang sein Zeigefinger hin und her. Plötzlich stellte er sich gerade hin, sah zum Fenster und tat so, als würde er jemandem winken, dabei verzog er sein Gesicht zu einem Lächeln. Mit ausdruckslosem Gesicht blickte er anschließend die junge Frau an.

»Warte …«, stammelte sie. »Du kennst ihn? Du weißt, wer das ist?«

Jasper schien erleichtert und nickte mehrmals heftig.

Janneke war schockiert. »Kennst du ihn gut? Seit wann kennst du ihn?«

Jasper zeigte auf sich und bückte sich anschließend. Seine Hand hielt er waagerecht an seine Knöchel.

Jetzt wird es kniffelig, dachte sie. Vielleicht sollte sie Jasper bitten, alles aufzuschreiben. »Was soll das heißen? Unten …?

Niedrig …? Klein …? Ja, genau, du kennst ihn schon lange, schon als du noch klein warst?«

Jasper nickte erleichtert.

»Ist es jemand, der dir und deiner Mutter nahesteht?«

Der Junge bejahte dies, indem er mit seinem Daumen nach oben zeigte.

»Du lieber Himmel«, flüsterte sie und versuchte, logisch zu denken. Da Jasper erst zehn Jahre alt war, konnte sie davon ausgehen, dass er den Täter fast sein ganzes Leben kannte. Wie lange kann sich ein Kind zurückerinnern?, schoss es ihr auf einmal durch den Kopf. »Mein Gott, du hattest die ganze Zeit Angst, dass dir was passiert?«

Jasper nickte und fuhr sich mit seiner Hand an der Kehle entlang.

»Er hat dir gedroht?«

Mutlos zuckte das Kind mit den Schultern und nickte.

»Das ist ja nun vorbei. Du kannst uns ja den Namen …«

In diesem Moment öffnete sich die Zimmertür. Jaspers Mutter stand im Zimmer. Sie lief zu Jasper und nahm ihn in den Arm. »Mein Gott, was ist nur mit dir los?«

»Alles in Ordnung, Frau Oltmanns«, beruhigte Janneke Jaspers Mutter. Sie nahm den Block und wandte sich zu dem Kind um. »Jasper, jetzt musst du uns nur noch den Namen aufschreiben. Wer hat dir solche Angst gemacht?«

Jasper sprang einen Schritt zurück und schüttelte energisch den Kopf. Dabei fuchtelte er wild mit seinen Händen in der Luft herum.

Frau Oltmanns eilte zu ihrem Sohn und nahm ihn in die Arme. »Ich glaube, das hat jetzt im Moment keinen Zweck.«

»Sie haben sicher recht. Ich gehe schon mal nach unten«, sagte Janneke und verließ leise das Zimmer. Der Lavendelgeruch hatte sich im ganzen Flur verteilt, obwohl die Badezimmertür jetzt geschlossen war. Einen Moment blieb Janneke am oberen Treppenabsatz stehen und konzentrierte sich auf ihre Gedanken.

Steenhuis saß zurückgelehnt am Küchentisch, als sie die Küche betrat. »Und haben Sie etwas herausgefunden?«

Ohne zu antworten, setzte sich Janneke hin und schloss kurz die Augen.

»Frau Hoogestraat?« Der Kommissar stieß sie ungeduldig an.

Janneke zuckte zusammen. »Ja, es stimmt. Jasper war in der fraglichen Nacht an der Mühle und hat den Mörder sogar erkannt«, teilte sie ihm mit. »Aber er weigert sich, uns den Namen zu nennen. Ich habe den Eindruck, dass der Junge immer noch große Angst hat.«

Wie elektrisiert sprang Steenhuis auf. »Wir müssen es noch einmal versuchen. Dann wissen wir, wer es war.«

»Nein«, antwortete Janneke. »Das brauchen wir nicht. Ich ahne jetzt, wo wir den Täter suchen müssen.«

***

Hilke Oltmanns hatte sich in die Gästetoilette ihres Hauses eingeschlossen. Fünf Minuten Ruhe, nur fünf Minuten, betete sie sich vor. Erschöpft setzte sie sich auf den Toilettendeckel. Harms laute Stimme, die jeden Abend durchs Haus oder ins Telefon brüllte, verursachte ihr Kopfschmerzen. Stundenlang stritt er mit einem Rechtsanwalt herum und verlangte, dass dieser seinen abtrünnigen Schwager ausfindig machen sollte, damit er und sein Bruder wieder in den Besitz des wertvollen Inventars seiner Schwester kommen würden.

Gestern hatte sie Alina zu ihrer Mutter nach Emden gebracht, damit das Kind nicht mitbekam, wie launisch der Vater war.

Sie ließ ein wenig kaltes Wasser über ihre Handgelenke laufen und befeuchtete ihre Stirn. Mit geschlossenen Augen lehnte sie innen an der Toilettentür und lauschte nach draußen. Ihr Mann schien sein Telefongespräch beendet zu haben. Hilke verließ die Toilette und ging ins Wohnzimmer, wo Harm lässig auf dem Sofa lag.

»Wieso bist du überhaupt schon zu Hause?«, wunderte sie sich und ordnete die Gardine an der Terrassentür. Schon seit geraumer Zeit verbrachte ihr Mann die späten Nachmittage und die Abende bei seiner Familie zu Hause. Hilke hätte gut und gerne darauf verzichten können, denn er war kein guter Zeitgenosse, jedenfalls, was die letzten Wochen und Monate anging.

»Ich ärgere mich wahnsinnig über Matze«, versuchte Harm eine Erklärung für sein ungewöhnlich frühes Hiersein abzugeben. »Im Büro halte ich das nicht aus. Das geht mir alles auf den Senkel.«

»Kommt Bruno denn ohne dich zurecht? Ich meine, weil Heiko nicht mehr zur Verfügung steht.«

»Heiko? Der hat sich doch auch immer mehr herausgezogen. Wie oft ist er früher nach Hause oder morgens erst am späteren Vormittag erschienen?« Harm schob sich ein weiteres Kissen unter seinen Kopf.

»Ich verstehe das trotzdem nicht, dass du dich wegen ein paar Möbeln so aufregst.« Verständnislos blickte sie ihren Mann an, der jetzt die Arme hinter seinem Kopf verschränkt hatte.

»Erstens geht es mir ums Prinzip und zweitens sind da einige Gegenstände dabei, die noch aus dem Haushalt meiner Eltern stammen. Sogar das Waffeleisen für die Neujahrskuchen hat der Idiot mitgenommen. Das war noch von meiner Oma.« Wütend griff er nach einem Kissen und schleuderte es vom Sofa.

»Du spinnst doch. Wegen so einer Nebensächlichkeit so ein Fass aufzumachen.« Sie tippte sich an die Stirn. »Als ob wir keine anderen Sorgen hätten. Ich sag dir jetzt mal was …«

Das Klingeln des Telefons unterbrach ihren Redeschwall. »Oltmanns«, meldete sie sich barsch. Die Störung kam Hilke mehr als ungelegen. Nach einem Moment ließ sie das Telefon sinken. »Es ist die Polizei, sie wollen unbedingt mit dir sprechen«, raunte sie und reichte ihrem Mann das Telefon.

***

»Es wäre sehr nett von Ihnen, wenn Sie mich aufklären würden, was hier gespielt wird«, meckerte Harm Oltmanns den Kommissar an, der wartend in Begleitung von Janneke vor dem Haus Bölter stand. Der Unternehmer steckte einen Schlüssel ins Schloss. Heftig stieß er die Tür weit auf und machte eine einladende Handbewegung. »Bitte sehr, das war es doch, was Sie wollten?«

»Herzlichen Dank«, meinte der Kommissar mit einem sarkastischen Unterton.

Harm folgte den beiden Besuchern, die zielstrebig ins Souterrain des Hauses gingen.

»Und Sie meinen, hier finden wir des Rätsels Lösung, Frau Hoogestraat?« Steenhuis war skeptisch.

Der Unternehmer blieb am unteren Treppenabsatz stehen und beobachtete die Szene, wobei er immer wieder verständnislos den Kopf schüttelte.

»Hier ist es«, informierte Janneke ihren Begleiter und ging direkt auf die Garderobe zu, an der noch ein paar Kleidungsstücke hingen.

»Das sind die versifften Klamotten von dem Kerl«, mischte sich Harm ein. »Ich schmeiße das alles auf den Müll.«

Der Kommissar hob beschwichtigend die Hand. »Mal langsam. Erst müssen wir noch etwas nachsehen.«

Janneke zeigte auf eine Lederjacke, die ganz rechts hing. »Hier, das ist die Jacke. Ich wusste es doch. Sogar aus der Entfernung kann man die Nieten deutlich sehen.«

»Die Jacke hat wahrscheinlich Matze hier hängen lassen, als er sich so schnell aus dem Staub gemacht hat«, stänkerte der Unternehmer. »Kommt auch auf den Müll.«

»Mal sehen, ob da ein Loch drin ist«, murmelte Steenhuis, nahm die Jacke vom Haken und untersuchte sie.

»Hier.« Er fuhr mit seiner Hand in den Ärmel und steckte einen Finger von innen durch ein kleines Loch. »Genau an einer Stelle, wo eine Niete gesessen hat, ist ein Stück Leder herausgerissen. Das Loch und das Fundstück sind meines

Erachtens gleich groß. Ich denke, wir haben die passende Jacke gefunden.«

»Vielleicht hat er noch nicht einmal bemerkt, dass er irgendwo damit hängen geblieben ist und seine Jacke beschädigt hat«, vermutete Janneke.

»Frau Hoogestraat, wie sind Sie denn darauf gekommen, dass wir hier dieses Indiz finden?« Der Kommissar hatte die Jacke zusammengefaltet.

»Der Geruch von Lavendel im Bad von Gesa Oltmanns heute Nachmittag hat mich daran erinnert, wie ich am Tag der Seebestattung ihres Mannes hier unten die Toilette aufgesucht habe. Ich erinnerte mich, dass es auch hier in Ida Bölters Haus sehr stark nach Lavendel gerochen hat. Alles hier im Haus war so groß, so gepflegt, eben ganz anders, als ich es gewöhnt bin. Deshalb habe ich mich hier unten ein wenig umgesehen. Ich weiß noch genau, dass an der Garderobe ein heller Mantel und ein paar Jacken hingen, darunter eine schwarze Motorradjacke. Ich kann mich noch gut an die glänzenden Reißverschlüsse und Schnallen erinnern. «

»Und an diesem Tag haben Sie diese Jacke gesehen?«

Sie nickte. »Ich habe natürlich nicht nach etwas Bestimmtem gesucht. Dass an der Jacke auch Nieten waren, habe ich nicht bewusst gesehen. Man nimmt ja im Unterbewusstsein mehr wahr, als man denkt. Als Jasper mir dann heute Nachmittag mitgeteilt hat, dass der Täter jemand aus seinem näheren Umfeld ist, hat es bei mir Klick gemacht.«

Harm Oltmanns hatte sich auf eine der Treppenstufen gesetzt. »Ich verstehe nur Bahnhof. Kann mich mal jemand aufklären?«, empörte sich der Unternehmer. »Und wegen dieser Jacke musste ich das Haus aufschließen?«

»Ja, genauso ist es«, sagte der Kommissar. »Das ist ein wichtiges Beweismittel.«

»Stimmt.« Janneke war zufrieden, dass sie die richtigen Schlüsse aus ihrer Beobachtung gezogen hatte. »Haben Sie eine Ahnung, wo sich Ihr Schwager aufhalten könnte?«

Oltmanns schüttelte den Kopf. »Am besten, der lässt sich überhaupt nicht mehr hier blicken«, schnaubte er.

»Wir müssen aber dringend mit ihm reden«, wandte Steenhuis ein. »Herr Bölter arbeitet doch als Diskjockey. Haben Sie eine Ahnung, in welcher Diskothek er dieser Beschäftigung nachgegangen ist?«

»Fragen Sie mich etwas Leichteres«, brummte Oltmanns. »Versuchen Sie es mal in Norden. Der Schuppen heißt glaube ich *Fetenscheune.* Ob er da noch auflegt, weiß ich allerdings nicht.«

»Wenn wir Glück haben, finden wir ihn dort«, hoffte Steenhuis. Die beiden Männer und Janneke verließen das Haus. Oltmanns händigte dem Kommissar die Hausschlüssel aus und stieg in seinen Wagen. Mit aufheulendem Motor verließ er das Grundstück.

***

Als Steenhuis und Janneke die Diskothek Fetenscheune in Norden durch eine unverschlossene Seitentür betreten hatten, fanden sie den Gesuchten auf einer Lederbank im hinteren Teil des großen Raumes schlafend vor. Zu Jannekes Erstaunen machte er keine Anstalten, sich der Befragung zu entziehen, nachdem der Kommissar ihm mitgeteilt hatte, dass es noch einige Dinge zum Tode von Heiko Oltmanns zu klären galt. Bölter wirkte sehr entspannt und bat die beiden Besucher höflich ins Büro des Chefs, der sich zurzeit nicht in der Diskothek aufhielt.

Die Zigarette lässig im Mundwinkel baumelnd saß Matze Bölter Kommissar Steenhuis und Janneke gegenüber.

»Herr Bölter, Sie wissen ja nun, weshalb wir Sie hier aufgesucht haben«, begann Steenhuis. »Sie können gerne mit Ihrer Aussage warten, bis wir in Norden im Kommissariat sind, aber Sie können auch gleich reden.«

»Was wollen Sie denn hören?«, fragte Bölter. Aus den Augenwinkeln sah er Janneke von oben bis unten an. »Sie habe ich schon mal gesehen. Sie waren bei der Seebestattung dabei.«

»Stimmt«, bestätigte sie. »An diesem Tag war ich das erste Mal im Haus Ihrer verstorbenen Frau.«

»Und heute waren wir wieder dort und haben ein Kleidungsstück von Ihnen sichergestellt«, klärte der Kommissar den Mann auf. »Diese Lederjacke haben Sie in der Nacht getragen, als Sie Ihren Schwager an der grünen Mühle in Greetsiel erstochen haben.«

Bölter lachte auf. »Wie kommen Sie denn auf so einen Quatsch?«

»Weil wir am Tatort ein Stück Leder gefunden haben, welches jetzt an Ihrer Jacke fehlt. Wir können das Fundstück eindeutig Ihrer Jacke zuordnen.«

Janneke wusste genau, dass dies eine noch unbewiesene Behauptung war, aber eine andere Erklärung gab es derzeit nicht.

»Das müssen Sie erst mal beweisen«, sagte Bölter und verzog arrogant das Gesicht.

Steenhuis lächelte. »Sie fühlen sich ganz sicher, nicht?«

»Lassen Sie mich in Ruhe.«

»Es gibt einen Zeugen«, schleuderte der Ermittler Bölter entgegen. »Was sagen Sie jetzt?«

Unvermittelt sprang Bölter auf und wollte nach draußen laufen. Steenhuis sprang ebenfalls auf und griff nach seinem Arm. »Bleiben Sie hier, es hat keinen Zweck.«

Widerstandslos ließ sich Matze wieder zum Stuhl führen. »Es ist der Junge, nicht wahr?«

Steenhuis nickte. »Ja, er hat Sie beobachtet, und Sie haben das auch bemerkt?«

Bölter nickte. »Ja, der Junge hat alles mit angesehen … Ich wollte das nicht«, flüsterte er kleinlaut. »Ich wollte doch nur mit Heiko reden, er hat sich aber stur gestellt und ich …« Er ließ den Satz unvollendet.

Steenhuis sah entnervt zur Decke. »Und dann haben Sie ihn erstochen?«

»Entschuldigen Sie bitte, Herr Kommissar«, mischte sich Janneke ein, »dass ich dazwischengehe, aber ich würde auch zu gerne wissen, warum das alles geschehen ist.«

Der Kommissar nickte. »Das wäre allerdings sehr interessant zu wissen.«

»Es ist … also es war so«, stammelte der Witwer. »Heiko und ich, wir hatten eine besondere Beziehung.«

»Waren Sie befreundet?«

»Ja, aber es war mehr als das.«

»Wie soll ich das verstehen?«

Bölter druckste ein wenig herum. »Wir hatten so eine Art Affäre.«

»Wie bitte?« Steenhuis glaubte, sich verhört zu haben. »Mit wem hatten Sie eine Affäre?«

»Mit Heiko. Er und ich waren eng zusammen. Nein, kein Liebespaar, aber wir standen uns sehr nah.«

»Was um Himmel willen ist denn hier los?«, brüllte ein Mann um die fünfzig, der plötzlich im Türrahmen stand. »Hier haben Sie nichts zu suchen.«

Erschrocken wandte sich der Kommissar um. Er stand auf und zückte seinen Ausweis. »Moin, Kommissar Steenhuis. Sie sind der Chef hier?«

»Joo, was wollen Sie?«

»Kann ich mal Ihr Telefon benutzen? Meins liegt im Auto.«

21. Kapitel

Nachdem Matzes langjähriger, gut situierter Lebensgefährte, ein Rechtsanwalt aus Zürich, ihn vor die Tür gesetzt hatte, war er darauf angewiesen, seinen Lebensunterhalt in Spanien selbst zu verdienen.

Er jobbte in diversen Bars, schloss sich kurzzeitig einer Band an und lebte von der Hand in den Mund. Dieser Zustand war nicht ungewohnt für ihn, denn mit vierzehn Jahren war er von zu Hause ausgebüxt und hatte lange auf der Straße gelebt. Später hatte er es immer wieder geschafft, einen Menschen zu finden, der finanziell für ihn sorgte. Die Bekanntschaft mit Utz Brumm war für ihn ein Sechser im Lotto gewesen. Der Anwalt sorgte dafür, dass es Matze an nichts fehlte. Jetzt allerdings war er gezwungen, von der Hand in den Mund zu leben.

Dann traf er Ida Bölter. Matze sah der Dame aus Deutschland, die eines Abends in der Bar saß, in der er spielte, gleich an, dass sie nicht unvermögend war. Der Schmuck, die Kleidung, all das waren Indizien dafür, dass bei ihr ein gewisser finanzieller Hintergrund vorhanden war.

Während seiner Auftritte an diesem Abend suchte Matze immer wieder den Blickkontakt mit der Deutschen, die sich zuerst gegen seine Avancen wehrte. Aber er ließ nicht locker, lud sie zu einem Drink ein und schenkte ihr die nächsten Stunden seine uneingeschränkte Zuwendung.

Ida ihrerseits war in der darauffolgenden Zeit charmant und großzügig. Sie kleidete ihn ein, verbrachte die Abende mit ihrem jungen, gut aussehenden Begleiter in den angesagtesten Restaurants und sorgte dafür, dass er immer genügend Geld in der Tasche hatte.

Als sie ihm den Vorschlag machte, er könne sie doch nach Deutschland begleiten, zögerte er zuerst. Sie deutete sein Schweigen als Ablehnung und machte ihm daraufhin einen Heiratsantrag, den er, ohne zu zögern, annahm. Die Aussicht auf ein unbeschwertes Leben ließ ihn über die Tatsache hinwegsehen, dass seine Verlobte zwanzig Jahre älter und in Bezug auf Herkunft und Weltanschauung das genaue Gegenteil von ihm war. Sie heirateten und Matze folgte seiner Ehefrau in deren Heimat.

Als gebürtiger Augsburger war ihm das platte Ostfriesland total fremd. Die Gewohnheiten der Leute, zu jeder Tages- und Nachtzeit Tee zu trinken, jedes neugeborene Kind mit dem Genuss von eingelegten Rosinen in Branntwein zu feiern und sich zu jeder Uhrzeit mit *Moin* zu begrüßen, wurden Matze erst nach und nach vertraut.

Nach den ersten peinlichen Familienzusammenkünften hielt es Matze für besser, diesen Treffen fernzubleiben, obwohl der jüngere Bruder seiner Frau seine Aufmerksamkeit erregt hatte.

Ida ging bald zur Tagesordnung über und traf sich wie eh und je mit ihren Freundinnen zum Tee, unterstützte diverse Wohltätigkeitsveranstaltungen und übernahm auch die eine oder andere Schirmherrschaft sozialer Veranstaltungen.

Matze hingegen verbrachte seine Zeit in seinem von Ida aufs Großzügigste eingerichteten Studio im Souterrain des Hauses und nahm hin und wieder Jobs an, wo er Platten auflegte oder selbst Musik machte. Er begann wieder, sich ab und zu eine Prise Kokain zu gönnen. Als Ida ihn einmal dabei erwischte, rastete sie nicht wie von ihm erwartet aus, sondern ließ sich daraufhin von ihm regelmäßig mit dem weißen Pulver versorgen.

Das Leben in Idas Villa begann gerade langweilig und eintönig zu werden, da traf er auf Heiko, der zufällig alleine bei einer Veranstaltung in Emden anwesend war.

Nach einem gemeinsamen Kaffee, einem Gespräch über Gott und die Welt, fühlte sich Matze mehr und mehr zu seinem Schwager hingezogen. Zu seinem Leidwesen musste er jedoch feststellen, dass Heiko offensichtlich keinerlei homosexuelle Neigungen verspürte, aber seine Gesellschaft als angenehm empfand.

Sie plauderten über Musik, trafen sich regelmäßig zu Fahrradtouren, stöberten auf Flohmärkten nach kleinen

Kostbarkeiten und verbrachten auch sonst viel Zeit miteinander. Heiko schenkte ihm einen kleinen Dolch, an dessen Griff ein Notenschlüssel eingraviert war, den Matze von da an in seiner Brusttasche immer mit sich führte.

Mit Freude registrierte er, dass Heiko die Treffen vor seiner Familie geheim hielt. Die Hoffnung stirbt zuletzt, machte er sich Mut und genoss die Zeit mit dem Bruder seiner Frau.

Die eine Nacht, sie waren zusammen nach Bremen zu dem Konzert einer Rockband gefahren, änderte alles. Wie selbstverständlich hatte Heiko ein Doppelzimmer gebucht. Nach ein paar Absackern in der Hotelbar, einem letzten Drink aus der Minibar und einer flüchtigen Berührung war nichts mehr so wie vorher.

Heiko versuchte, am nächsten Morgen seine Gedanken zu ordnen, und sprach von einem Missverständnis, einer ungewollten Entgleisung. Matze lächelte und war glücklich.

Obwohl sie sich auch weiterhin trafen, war von der Leichtigkeit der vergangenen Wochen nichts mehr zu spüren. Je mehr sich Heiko von ihm zurückzog, umso heftiger wurden Matzes Forderungen. Er war sich sicher, dass Heiko diese Nacht nicht vergessen hatte und sie sich wieder regelmäßig sehen würden.

Aber Heiko ging einer notwendigen Aussprache aus dem Weg und drückte seine Anrufe auf dem Mobiltelefon weg, Briefe wurden nicht beantwortet.

Durch ein Telefongespräch, welches Ida mit ihrem Bruder Anfang April führte, erfuhr er, dass Gesa an diesem Abend zu ihrer Schwester nach Pewsum fahren und dort übernachten würde.

Die Gelegenheit nutzend, machte sich Matze gegen elf Uhr abends auf den Weg zu Heikos Haus. Er kochte vor Eifersucht und war zu allem entschlossen. Heiko ließ ihn nur widerwillig eintreten. Matze folgte seinem Schwager in die Küche, ein Wort gab das andere.

»Ich bin verheiratet und möchte auch nicht anders leben. Es war ein Traum, den wir zusammen geträumt haben, aber das ist jetzt vorbei. Akzeptiere das bitte«, bat ihn Heiko. »Und jetzt möchte ich, dass du gehst.«

»Aber du kannst mich doch nicht so stehen lassen«, entgegnete Matze heftig und versuchte, das Blatt noch zu wenden.

»Schrei nicht so. Jasper liegt oben und schläft. Ich will nicht, dass er wach wird und dich hier sieht.«

»Dann komm mit nach draußen, dort können wir uns ungestört unterhalten«, forderte der Musiker.

»Wenn es sein muss.« Heiko holte seine Jacke und sie verließen das Haus. Die Schritte des Familienvaters wurden immer langsamer, sodass Matze sich genötigt sah, ihm seine Hand auf den Rücken zu legen und ihn anzutreiben.

An der Mühle angekommen, teilte ihm Heiko unmissverständlich mit, dass er ihm auf keinen Fall noch einmal begegnen wollte. »Ich habe mich entschieden. Halte dich daran, sonst werde ich mal mit meiner Schwester telefonieren. Du kannst dir ja ausmalen, was dann passiert, wenn sie von uns erfährt. Sie wird dich hochkant rauswerfen.«

Der Streit wurde immer heftiger, ein Wort gab das andere. »Lass das. Was willst du?«, schrie Heiko. Blind vor Wut und Enttäuschung zog der Musiker den Dolch hervor und stach zu. Der Anblick des Jungen, der plötzlich vor ihm stand, brachte Matze vollkommen aus dem Konzept. Mit einer unmissverständlichen Geste machte er dem Kind klar, was passieren würde, wenn er ausplauderte, was sich hier zugetragen hatte.

Dass seine einschüchternde Maßnahme Erfolg gehabt hatte, erfuhr er von Ida, die sich lang und breit darüber ausließ, dass Jasper von heute auf morgen aufgehört hatte zu sprechen.

Um auch wirklich sicherzugehen, dass sein Geheimnis auf Dauer gewahrt blieb, lieh er sich etwa zwei Monate nach der Tat von seinem Chef dessen Geländewagen und provozierte ein Zusammentreffen mit dem Jungen. Er attackierte ihn, indem er ihm sehr nahe kam und dafür sorgte, dass der Junge mit seinem Fahrrad auf die Straße stürzte.

In den folgenden Wochen parkte er vor Jaspers Schule, abends in der Nähe seines Elternhauses, in der Hoffnung, dass der Junge dies mitbekommen und sich nicht trauen würde, jemandem sein Wissen mitzuteilen.

Die Tatwaffe, das Geschenk von Heiko, hatte er nach wochenlangem Zögern in die Ems geworfen. Dass er ein Indiz an der Mühle zurückgelassen hatte, wurde ihm erst durch den Besuch des Kommissars klar. Er war überzeugt davon, dass man ihn ohne dieses Stück Leder niemals überführt hätte.

Jetzt hatte man ihn erwischt und er brauchte sich keine Gedanken mehr zu machen, wie und womit er den Jungen davon abhalten könne, ihn zu verraten.

Matze Bölter fühlte sich zu seiner eigenen Überraschung erleichtert und nahm sich vor, Jasper bei Gelegenheit einen Brief zu schreiben und ihn um Verzeihung zu bitten. Dass er sich zu der Tat bei der Windmühle hatte hinreißen lassen, verstand er jetzt selbst nicht mehr. Er hatte Heiko ehrlich geliebt und auf ein gemeinsames Leben gehofft. Ein Neubeginn, irgendwo, ganz beschaulich und normal.

Nun blieb ihm nur noch, den Tod des Freundes zutiefst zu bedauern. Vielleicht würde es ihm gelingen, sich dies einmal zu verzeihen, denn er selbst hatte alles kaputt gemacht.

***

Im Laufe der weiteren Verhöre gab Matze Bölter zu, dass er unter einem fiktiven Namen per Mail ein Kaufangebot für den Kutter Neptun abgegeben hatte. Er war aufs Äußerste gekränkt, weil er von der Familie Oltmanns nicht als gleichwertiges Familienmitglied anerkannt wurde.

Zur Abgabe eines zweiten frei erfundenen Kaufangebots sah er sich deshalb veranlasst, weil er stinksauer auf die Brüder Oltmanns war, die sich Idas Erbe unter den Nagel gerissen hatten. Da ihn seine Frau so mittellos zurückgelassen hatte, sah er es als sein Recht an, das Inventar des Hauses zu Geld zu machen.

Er empfand Idas Selbstmord als total überzogen, aber sie konnte offensichtlich nicht mit der Tatsache leben, dass die Gefahr bestand, dass alle Welt erfahren könnte, dass sie einen jüngeren Mann geheiratet hatte, der sich aus Frauen überhaupt nichts machte. Diese Schande und der drohende Verlust ihres Ansehens hatten sie in einer Kurzschlussreaktion dazu verleitet, Schlaftabletten zu nehmen.

***

Jasper Oltmanns hatte begonnen, die vergangenen Ereignisse zu verarbeiten. Nach und nach hatte er alles aufgeschrieben und seiner Mutter ausgehändigt, die die Aufzeichnungen an Kommissar Steenhuis weiterleitete. Nach zweimonatiger Behandlung sprach der Junge das erste Mal wieder und konnte lückenlos erzählen, wie Matze Bölter ihm zugesetzt hatte.

Janneke erhielt im Oktober einen Brief von Jasper, in dem er sie zu seinem elften Geburtstag einlud. Als sie in Greetsiel ankam, wartete Jasper schon vor der Haustür und umarmte sie stürmisch.

Der Junge zog sie ins Haus und redete aufgeregt auf sie ein. Janneke hörte das erste Mal die Stimme des Jungen, der so lange ohne Worte war.

ENDE

Ostfrieslandkrimi-Empfehlungen
des Klarant Verlages

In der Ostfrieslandkrimi-Serie **„Janneke Hoogestraat ermittelt“** von Ele Wolff sind bereits folgende Krimis als Taschenbuch und eBook erschienen:

1. Friesenhuus
2. Eisige Gier
3. Mörderischer Nebel
4. Die Toten von Spiekeroog
5. Greetsieler Mühlenmord

Die Ostfrieslandkrimis von Ele Wolff können unabhängig voneinander gelesen werden.

„Friesenhuus“, Band 1
Taschenbuch ISBN: 978-3-95573-494-7
eBook ISBN: 978-3-95573-495-4

Alles, was in Ostfriesland Rang und Namen hat, befindet sich im Hotel Friesenhuus in Leer, denn der bekannte Schmuck-Unternehmer Habbo Hohboom feiert seinen Fünfundsechzigsten. Doch während der Feier verschwindet sein Sohn Peter spurlos, und schon bald wird die Befürchtung zur Gewissheit: Der Juniorchef wurde entführt.
Die junge Krimi-Schriftstellerin Janneke Hoogestraat, die gerade im Friesenhuus einen Werbejob angenommen hat, ist vor Ort und voll in ihrem Element ganz ungefragt ermittelt sie kräftig mit. Schnell wird klar, die Familie und das Unternehmen Hohboom sind geprägt von Streit und Machenschaften. Und so weigert sich der Schmuck-Millionär, das Lösegeld zu zahlen, denn er glaubt, sein Sohn habe die Entführung nur inszeniert. Die Katastrophe nimmt ihren Lauf ...